在星星的背面漫步

姜二嫚 著、绘

深圳出版社

图书在版编目（CIP）数据

在星星的背面漫步 / 姜二嫚著、绘. -- 深圳：深圳出版社，2025. 1. -- ISBN 978-7-5507-4122-5

Ⅰ. I267

中国国家版本馆CIP数据核字第20242BH439号

在星星的背面漫步
ZAI XINGXING DE BEIMIAN MANBU

出 品 人　聂雄前
项目策划　陈少扬
责任编辑　邬丛阳　吴一帆
责任校对　叶　果　聂文兵
责任技编　陈洁霞
封面题字　邱志杰
装帧设计　余　娟

出版发行　深圳出版社
地　　址　深圳市彩田南路海天综合大厦（518033）
网　　址　www.htph.com.cn
订购电话　0755-83460239（邮购、团购）
排版制作　深圳市龙瀚文化传播有限公司 0755-33133493
印　　刷　中华商务联合印刷（广东）有限公司
开　　本　889mm×1194mm 1/32
印　　张　9.25
字　　数　218千
版　　次　2025年1月第1版
印　　次　2025年1月第1次
定　　价　35.00元

在星星的背面有什么

骆玉明

我在大学的课堂上讲古典诗词，有时在家里给小孩子讲作文，会说到姜二嫚的诗。我喜欢她的诗，那是童真而富于想象力的，有时则带着由敏感而生的莫名的忧伤。譬如有一首诗叫《回收》：一辆回收旧彩电／旧冰箱／旧洗衣机／旧电脑的／三轮车／车主躺在里面／睡了／好像回收了自己。还有一首写鱼：鱼也会哭／只是它在水里／你看不见它的眼泪。这种诗读了以后，你会停下来，你会呆呆地想一些事情。

我跟二嫚本来不认识，后来认识了，一老一小在一起能够说许多话。她除了写诗，也写一些随意而松散的文章，在文体分类上叫作"散文"的那种。汇集起来，出版社要给她出一本书。二嫚因为我跟她能说话，提议让我来写个序，我就答应了。我说这是一桩开心的事情。

读这些文字确实很开心，它让我想起许多童年的情景。我小时候，上海的城区没有现在这么大，向外走得远一点儿，就能看到农田，田野有非常丰富的颜色。三五个小伙伴，抓蟋蟀，抓蚱蜢，还有偷农家的黄瓜吃。后来读到孔乙己为自己偷书辩护，想起我们早就这么辩护过了：偷黄瓜吃，而且天很热，能叫"偷"吗？

也有些记忆是悲伤的。一个浅水塘，青蛙或者是蛤蟆，因为见识短，把卵下在里面。卵变成一群乌黑的蝌蚪，曾经快乐地在水中游来游去，可是天热又不下雨，蝌蚪还没来得及长出可以蹦跳的腿，水塘就干涸了。我看见它们陷在泥浆里，尾巴还在摇摆，身体好像已经腐化在泥浆里了。它们从土里来，又回到土里去。就是生命太短了。

二嫚让我想起这些，是因为她的文章一点儿也不像学校里的作文，没有中心，没有道理，也没有在思想境界上提高一下的意图。当然也不像成人的作品，没有很好的修辞，也并不追求平淡，更谈不上"形散神不散"。她就是很随意地记录生活中有趣的见闻和各种念头。譬如她到了一个海边，让爸爸给她买一个抄网去捞鱼，于是就想，要是抓到很多鱼怎么办？鱼太多了，不知道送给谁才好！烦恼，成功的烦恼，富裕的烦恼……当然，她一条鱼也没逮着，无论大的还是小的。

如果有人要问：这有意思吗？我就没法回答。因为怎么算"有意思"，对各人而言也是不同的。我读上去觉得挺好，饶有趣味。二嫚读书早，在同龄人里读书也多，她又敏感，爱幻想，所以她那些看起来稚气的文字里包含着不少复杂的东西。在《梦：等着吧》里面，二嫚写自己到了一个死者去的地方，她看见优秀的人在投胎转世的时候要填一种表格，"上面有'人名''上辈子死亡的日期'这些项目，如果死亡日期不记得了，就画一个圈，毕竟有些人已经死亡很久了"。这里面的味道说不清楚，就是会让人停下来呆呆地想一会儿。

我想，在学校里，孩子们总还是要学着写那种具有规范程式的作文，写到结尾，思想要提升一步，这些道理也不错。但总希望老师和家长，给孩子留下一片自由的园地。不需要规矩，尽情地做自己，和尽可能多的阅读结合起来，让孩子的敏感和幻想得到保护，自由生长。这样，我相信任何一个孩子的生命在文字的天地里都会长得好看。否则的话，小孩子会越来越不喜欢作文。

《在星星的背面漫步》，这个书名就是一句诗。它有太多的孤独感。二嫚从小被人称作"天才"，很早就有名，这容易使人离群而孤单。不过，她已经快长大了，开始有比较成熟的思考，我想她能够把自己和世界都看明白。作为岁数很老的一个朋友，我愿意给二嫚最好的祝福。

最后还要补一句：二嫚给自己的书绘制了插画，这些画都很动人。

（骆玉明，复旦大学中文系教授、博士生导师。兼任《辞海》编委、中国古典文学分科主编。著有《简明中国文学史》《近二十年文化热点人物述评》《骆玉明老庄随谈》《世说新语精读》《诗里特别有禅》《古诗词课》《骆玉明给孩子讲红楼梦》等。）

荒诞、变形、间离、异化的新一代文学

周瑟瑟

新一代文学少年的现代性转型

应该是在两三年前，我在姜二嫚的爸爸姜普元的朋友圈第一次读到姜二嫚的散文时，大吃一惊，一个小卡夫卡出来了。此后一段时间，我的脑子里存下了"中国'00后卡夫卡'姜二嫚"的印记，我所期待的"00后"小诗人开始转向现代性写作了，我松了一口气。

20世纪80年代中国出现过一波"小诗人""小作家"，以《语文报》《中学生文学》为代表的当时全国各主要儿童与学生报刊都主推这些"文学少年"。这些文学少年除了田晓菲等极少数人之外，大多偏科严重，不过很多少年都被知名高校破格录取了。那是一个文学的时代，文学是社会的主流，孩子们前赴后继奔向文学。时至今日，这些人都已到中年，甚至有的人马上要退休了，但不少文学少年一生还是停滞于中学生文学写作，没有完成向现代性文学写作的转型。

以姜二嫚为个案，我在此要探讨的主要问题有两个：第一，文学是什么；第二，文学少年如何转型。

文学是什么？文学是人的情感与历史的记忆。姜二嫚爆红网络的诗歌，来自一个孩子睁开眼睛看世界的第一反应。我强调第一反应，这是没有经过文学定义的第一反应，它是一个孩子与世界对视的时候所产生的奇妙的反应。大多数孩子错过了将第一反应记录下来的机会，而姜二嫚因为有良好的家庭人文环境，得以被记录，并且得到了现代性的文学引导。

姜二嫚十四五岁之前的写作是奇幻而有趣的，充满了对世界的发现与探寻的乐趣。纵观她整个童年阶段的写作，她发现世界的眼睛闪烁着明亮的光，处处是诗的脚印，处处是诗的创造。

姜二嫚童年写作的过程，如一只小兽，欢快地弹跳，灵气四射，尽情享受了童年写作的快乐。这是文学应该有的样子，童年的文学就是活蹦乱跳的，如一只脚底开花的小兽。

文学是生命的记录，一个人的生命是怎样的，那他的文学就是怎样的。

人不能永远停留在童年，姜二嫚不可能永远写童年的生命体验，因为她的写作是忠实于生命的文学。不像很多文学少年，他们的写作是建立在虚假的文学教育之上的，与生命没有关系，在生命之外写作是很多人终其一生的悲哀。

第二个问题，文学少年如何向现代性写作转型？姜二嫚的转型表面上看是从这本《在星星的背面漫步》开始，其实她童年阶段的写作就充满了现代性。现代性是一种看待世界的方式与观念，姜二嫚看待世界的方式就与别的孩子不同，她写得最好的诗无一不是以独特的方式看待世界的结果。不只是表面上的机智与有趣，这里面关乎一个人内心的丰富与独特。没有经过现代性启蒙的人，只能永远停留在蒙昧之中。

姜二嫚还是一个很小的孩子的时候，她的现代性文学训练就在其父的引导下开始了。她的父亲姜普元是山东大学中文系毕业的，他懂得如何培养孩子的现代性人格，他本人的文学观念非常现代，如果没有姜普元对文学的现代性认识，姜二嫚可能就不会在童年阶段确立起现代性写作方向。

跨文体写作的最新一代文本

从姜二嫚的写作，我们可以清晰地看到新一代文学在 AI（人工智能）时代所呈现出的新面貌。《在星星的背面漫步》是跨文体写作的成果，姜二嫚以诗人的想象与观察切入生活，她跨越了单向度的现实，进入了一个多维度的审美空间。

姜二嫚的跨文体写作体现于她在诗歌、散文、小说、寓言，甚至日记、非虚构文学之间跨越，虽然呈现得并不彻底，但在我看来这种没有意识的跨文体，更是新一代文学的自由个性。可以肯定姜二嫚本人完全是在一种不自觉的状态下走向了这种跨文体写作，没有成年作家跨文体写作的刻意，她并不需要明确的理由，只是在自己的掌控下进行跨文体实验。

显然不同于成年作家们的跨文体实验，姜二嫚还是一个少年，正因为是少年，所以她可以尽情享受自由跨越的快乐，她没有任何文学包袱。我读这本书，可以强烈感受到姜二嫚的自由、快乐与轻松。对于"00后"这一代作家来说，根本不需要刻意写作，这是属于他们的现代性，只要顺其自然就会呈现出令人惊奇的新面貌。

只是在《在星星的背面漫步》这本书里，姜二嫚加大了客观写作状态下的荒诞、变形、间离、异化效果。在她过去十年的诗歌写作里，已经具有这些效果了，但诗毕竟只是诗，而不是跨文体多样性写作。虽然这本书不以分行的诗歌形式呈现，但同样，姜二嫚的智性与有趣依然在，她的写作首先是诗性的，然后才是诗歌、散文、小说、寓言与非虚构文学的混合体。

姜二嫚如一个坐在镜头后面的纪录片导演，她的客观写作状态为她赢得了冷静观察社会的空间。她无疑是离社会最近的写作者之一，客观让她的写作保持了一贯的冷静，这种冷静保证了她的写作的真实性。

客观写作状态下的荒诞、变形、间离、异化效果，是卡夫卡、残雪的小说文本传递给读者的美学风格，也是世界文学的一种高级状态。姜二嫚客观写作状态下的荒诞、变形、间离、异化，让人越读越惊喜，这是最新一代文学少年对中国当代文学的贡献。

一部叙述体文学戏剧

读者较为熟悉荒诞、变形的写作手法，这是卡夫卡、残雪的小说文本的特征，也是姜二嫚的作品中经常出现的手法，而间离、异化，我们该如何理解？

以姜二嫚的《盐村的早上》来分析。开篇第一句，"鸡一叫，再躺一会儿，数 1234567，好像天就快亮了"。她的文学镜头语言干净利索、客观冷静，一如她的性格。

接下来，她就显示出了非同一般的老练，只有训练有素的作家才会如此具有文体意识，既保持了一个十几岁的少年的弹跳、鲜活与异样，又具备成熟作家的节制与控制力。

天已经有一点点白了。

你感官上并不知道它在变白，只是你心里清楚它有一点儿发白。

这时候凳子也有点儿白了，有点儿反光了——它一开始是亚光的，磨砂的，后面才慢慢有点儿光泽了。

这时候我的睡袍也白了。

一开始它是发灰的，深色的。

我自己一开始也是有颜色的，比较暗，像是非洲那里的人，慢慢就像印度人了。

在这里，我想借德国戏剧家布莱希特的一个术语——间离效果（defamiliarization effect）来分析姜二嫚的写作。姜二嫚的写作具有戏剧的间离效果，世界在文学的灯光、不同场景中一点点剥开它的真相，让观众看戏，作者在舞台中央冷静地独白，并不让观众融入剧情，从而产生间离的戏剧效果。

《在星星的背面漫步》如一幕幕戏剧，读这部作品，可以感受姜二嫚奇异的人生体验，由"天已经有一点点白了"到"凳子也有点儿白了，有点儿反光了"，再到"我的睡袍也白了"，这是一条线索。作者本人的独白"你感官上并不知道它在变白，只是你心里清楚它有一点儿发白"，再到"一开始它是发灰的，深色的。我自己一开始也是有颜色的，比较暗"，这样的叙述与独白，让人沉浸在一个间离、异化的世界。我在读《在星星的背面漫步》的时候，好像进入了一部叙述体文学戏剧。

姜二嫚贴近生活写作，她这一代人的生活在她的笔下，就像在一只鸟的眼睛里。静观其变是她的写作态度，但不止步于此，她的与众不同之处在于文学的"异化"。什么是"异化"？"异化"（Entfremdung）一词出自黑格尔，"Entfremdung"在黑格尔那里是指疏远，而不是后面演变的其他意思。姜二嫚在文学戏剧化的写作中，让"间离"与"异化"得到了突出的体现。

读《在星星的背面漫步》这本书，在荒诞、变形之外，我感受到她的写作多了间离、异化的现代性。姜二嫚观察与看待世界的方式、作品的戏剧化结构、作品观念的现代性，在这本书里有全新的变化与建构。

全书细分为 8 辑，构成了一部叙述体文学戏剧。书的附录《二嫚说——爸爸的记事本》也值得细读。爸爸若隐若现地出现在全书的最后，孩子站在舞台中央，爸爸只是一个客观的记录者，只是一个观众。

2024 年 5 月 31 日于福建东山岛

（周瑟瑟，生于湖南，当代诗人、小说家、艺术批评家、策展人。中国作家协会会员、中国文艺评论家协会会员。著有诗集《暴雨将至》、评论集《中国诗歌田野调查》、长篇小说《暧昧大街》等30 多部作品。主编《中国当代诗歌年鉴》及《卡丘》诗刊。）

目录

第 3 辑

月光里
——盐村记

第 4 辑

诗人究竟是什么样的
——北京记

第 7 辑

在雨中
——4 岁时的 8 篇短文

第8辑

阅读·思考·写作

附录（代后记）

第1辑

有樱花的河边

—— 青岛记

有樱花的河边

奶奶家住在河边。

河堤上种满了柳树、白杨、槐树、法国梧桐，还有樱花树。

河堤下面，路两边，农历每月逢五这天，人们就会赶集。这里成了一个很大的集市，锅碗瓢盆，菜板，小板凳，马扎，农具，用柳条编的小筐小篓，衣服，鞋帽，古董，旧书，各种家居杂物，卖什么的都有。还有几个看手相、算命的。

好像山东省所有人的日常生活都浓缩到这条街上来了，都展开在你面前。你单独把每一样东西摘出来，都不觉得有什么特别，但是这些东西合在一起，就会有一种很强大的力量，一种很强大的美好。

奶奶一共养活了6个儿女，除了已经不在了的大爹，其余的人轮流回来照顾奶奶一个月。4月份是我爸爸值班。

以前我回奶奶家，从厨房窗口就能望见卖狗的商贩。一大早，就会有大大小小的狗出现在河堤那里。

现在换地方了。我们一路打听，走到市场最东头才找到。

一辆三轮车上，有一车小羊。

另一辆三轮车上，只剩下最后一只小羊了。

我在路边摘些树叶喂它们。

卖狗的大叔说，他骑三轮车来的路上，他的两只大狗，能帮着他拉车。

爸爸说："它们自己知道使劲吗？"

他说："知道！拉得'呜——呜——'的！"

樱花开了。又开始谢了。路上有很多花瓣儿。

卖狗的、卖羊的、卖猫的，头上都顶着花瓣儿。

连他们的狗、羊和猫的身上，也都落了花瓣儿。

有一只大黑狗，很老实地坐在路旁，坐在一地花瓣上，头上还顶着好几片，像雪地上的一座雕塑。

空中还飘着柳絮。

一个骑车的人从我面前飞驰而过，很快消失了，但他带过来的风，带来的花瓣儿和柳絮，仍在空中飘着。好像他是专门过来给你送花瓣儿和柳絮的。

卖锅碗瓢盆的也是。

不知不觉，那些锅碗瓢盆里都已经盛了很多花瓣儿。好像他们并不是卖锅碗瓢盆的，而是卖樱花的。说不定你交了锅碗瓢盆的钱之后，老板会端起锅碗瓢盆，把樱花往你怀里一倒，说："祝你快乐！欢迎下次再来！"然后，把锅碗瓢盆收回去了。

我们刚回来的时候，只是单樱开了，有雪白的，有淡粉红的。后来双樱也开了，除了白的、淡粉红的，还有深粉红的。

有时候，我们推着奶奶的轮椅车，在河堤上走，樱花就落在我们身上。

爸爸轻轻摇了一下樱花树，有更多花瓣儿落了下来。

2021 年 6 月 9 日

青岛街头

走在街上，两边都是近代的老建筑。

一个骑自行车的人，先跟我们并排，然后超过去了，我感觉要一辈子被留在这里了。

每次来到一个好地方，我都有一种冲动——余生就在这里度过吧。或者说先把我的童年应付过去，然后就立刻返回来。

曾经看过一张当地的照片，一个老爷爷买了一塑料袋啤酒，还买了小葱，他就掐了一截葱叶当吸管喝起来。

果然遇见一个卖啤酒的小店。5块钱1斤。啤酒装在大木桶里，用塑料袋在下面接。

"要不要尝尝？尝一尝嘛！"

他的朴实和诚恳让人没有抵抗能力，你会觉得5块钱不算什么，相当于一点儿小费，可以忽略不计，这样下来啤酒就等于是不要钱的。

爸爸说："来1斤！"

在我印象里，买奶茶之类的都是装在杯子里，再装进塑料袋，所以提着一袋啤酒，总感觉里面少了个杯子，怪怪的。

我尝了一口，就交给了爸爸。

如果以前拿筷子蘸着舔一下不算，这是我第一次品尝啤酒。

然后就开始打嗝，又打不出来。于是开始后悔。好像很尴尬。和喝汽水打嗝完全不一样，有种臭臭的味道，有喝了一只臭袜子的感觉，而且它开始在胃里发酵。

几分钟后，好像后脑勺的头发老是被人揪起来，往上轻轻地提。

于是我就老往后转头、甩头，拿手去摸。

看到一户人家的院子，房子是斜顶红瓦的，挺好看，窗户也很别致。小门开着，我想进去看看。很快，我就站在院子里了。

我说："这里还有一棵大榕树！"

爸爸纠正说："哪是大榕树！青岛没有榕树，是梧桐树！"

梧桐树开着满树紫色的花。

阳光从树叶间漏下来，像一群一群金色的小鱼，一直游到我脚边。我好像已经在水里了，有点儿漂浮感，而且胸口闷闷的，就是泡在水里，既能呼吸又有些憋气那样。

马路对面另一家院子也很好看，也有一群一群金色的小鱼。我想推门进去，推了一下，发现上锁了，一把大铁锁。

突然想起小时候住的小区的大铁门，有时忘了带门卡，我可以从铁柱中间的空当里钻进去钻出来。钻的时候，最难通过的是我的头。

又回到街上。

路边有一座小洋楼，爬山虎把它的一面墙给爬满了。有扇窗户很艰难地从爬山虎里面挤出来。我觉得住在里面的人，太低调、太拘谨、太沉默，太浪费了。要是换成我，我会因为幸福，在窗口大喊大叫！

2021 年 6 月 20 日

尴尬

河边满是盛开的樱花。

我和爸爸推着奶奶，去河边散步。
路上人很多。
不知道是谁，折了一枝樱花，可能玩够了，丢在了地上。
爸爸舍不得那些樱花，把它捡起来，插在奶奶的轮椅边上。

走过来一个人，看见了插在轮椅上的花枝，然后抬头看我们。
又走过来一个人，也看见了插在轮椅上的花枝，也抬头看我们。

爸爸赶紧把花枝送到路边，搁在了草地上。

2021 年 6 月 10 日

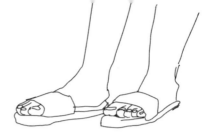

第2辑

杨梅坑的海

——深圳记

在客栈

在大鹏，我们住的是一家民宿客栈。

这家客栈有个不太大的院子，种了许多花草树木，很好看。

我们的房间在一楼，刚好对着院子，落地玻璃窗也特别开阔。

上午没出去，我和爸爸坐在窗户跟前的沙发上闲聊，空调开着，看外面的风景。

窗外有条小道，所有进出客栈的人都会从这里经过。

天气炎热，路过的人都戴着遮阳帽，或者打着伞，戴着墨镜，拉着小行李箱。他们往往左看右看，左看右看，也会朝我们的窗户这里看，一旦看见了我们就更加认真地看两眼。

我突然有种感觉：他们像是动物园里的游客。而我们俩就是两只被参观的猴子，或者大猩猩，或者阿拉伯狒狒。

他们手里提的东西，像是用来投给我们吃的香蕉、苹果、蔬菜、花生什么的。

尤其是他们两三个人一块儿走，其中一个走在前面，边走边说话，我们听不见他们说什么。

他们像是在谈论我们，像是在说："游客朋友们，现在我们来到了著名的猴山。请大家带好自己的背包、手提袋，以免被抢。请不要私自投喂。实在想投喂，请移步来我这边，我们为大家精心准备了投喂专用食品，10块钱一袋！"

我们俩都穿着衣服，会站起来走路，负责按他们的需求表演，感觉很做作。而且我们又有点儿文雅的样子。这刚好说明我们已经被成功地训练过，训练有素，得到了进化。

　　可是我们的文明程度，离人类，还有一些差距。

2020 年 7 月 16 日

杨梅坑的海

在湛江东海岛，盐村的海，都是用来养殖的，养虾，养鱼，养海螺。听外公说早年是用海水晒盐。海水很薄很浅，退潮退出老远，退出几里地去。有一次退潮后，我们往里走，走了一两个小时都没走到可以游泳的那种深度，而且有些地方淤泥特别多，一踩就往下陷。退潮以后，有些潮沟里面有小鱼，一点点大，肚子亮亮的。还会有小虾。还是游不了泳。在那里出现的人都是干活的，靠海吃饭。

杨梅坑的海是深海，浪也大，海滩上没有淤泥，全是沙子和碎碎的小贝壳，这边的海是用来休闲娱乐的。亲子啊，好兄弟啊，好姐妹啊，好多人都是从深圳市区来的，一起来玩，来度假。

这边的物价也上去了。像电影《美人鱼》拍摄地，民宿 800 块一天，我相信东海岛的农民很久都挣不到 800 块。珍珠爷爷种的地能挣多少钱呢？今年他种了一大片西瓜，结果下了一场大雨，全烂了，8 块钱都拿不到，连种子钱都赔进去了。

我看过马尔代夫的照片，海水都是绿的。我想可能真的有一点点绿，但那是宣传照片，饱和度拉得也太高了。

没想到一到杨梅坑，在车上远远看去，大海确实是绿的。蓝得发绿，就像树叶的颜色一样。一开始我怀疑是不是车窗玻璃上贴了一层防晒的绿膜，结果不是。我就想是不是海里有水草，很多水草。走近看也不是。把水捧在手心里，就不那么绿了，只是清。我把手放在水里，手指头都能看清楚。我把脚放在水里，脚指头也能看清楚。水波没有动得特别厉害的时候，指甲盖也很清楚。如果有大风吹过，水波就会动得很厉害，指甲盖在水里动。

把手从水下面拿起来，海水一瞬间会在手上停留一下，手掌上会出现一层淋面，像做蛋糕时巧克力的淋面，但是很快就在指缝里消失了。那一刻，你的手是很光滑的，像是铜像的手，没有纹路，好像肿了一样，也像是戴了一副透明的手套。

在一块大岩石顶上，残存着一点儿海水，里面有些白白的盐。我蘸了一点儿尝尝，特别特别咸。

这让我想起北京。我在餐馆点了一份云吞，咸得发苦。那碗云吞我怎么吃的——把汤倒掉，用筷子把云吞拢在里面，把矿泉水倒进去冲洗一遍再吃。

海里有好多鱼。它们看上去很好抓。

我在追一条大鱼的时候还想，我追到了怎么办？我当时正在喝绿豆沙。我想要把绿豆沙瓶子的封口撕开，把它洗干净装鱼。或者我把鱼抓住后，赶紧跑到岸边的小店里，买个大瓶子来装，不知道来不来得及。

我心里有了一个很奢侈的想法，如果我抓了太多鱼怎么办？如果抓了太多，会不会破坏这里的环境？

抓太多，放了又会舍不得。要不我送给别人？那我怎么跟别人说呢？送那么多鱼，别人会怎么处理呢？

爸爸跑去给我买捞鱼网时，我看着一群一群的鱼，边等边想边犯愁。

我又想，既然有鱼，那一定也会有虾。

虾的收缩性比较强，它是弯着的，比较好装运，那我就尽量捞虾吧！

我还进一步想，有鱼有虾，应该还会有章鱼、墨鱼、金枪鱼呀，说不定还会捞上一个大螃蟹来。从此我就在海边卖鱼、卖螃蟹，发家致富！就靠一个小渔网！

如果我捞到一只大螃蟹，没有一个瓶子可以装得下，能不能申请一个吉尼斯认证啊——世界上最大的螃蟹，主要是它很稀有，全世界就一只。我的螃蟹可以带着证书拍卖，拍一两个亿，甚至十多个亿，八个亿也不错，那这么多钱我怎么去花？我花不完怎么办？花不完我可以给谁？

爸爸拿着小渔网回来了，说花了 18 块钱。

我冲到海里开始追鱼。

眼看见一群小鱼，一条有火柴梗的一半那么长，好几百条！我想我先把手里的网给捞满吧，这样一捞我的网就一定是满的。而且我好像已经看见，网里的鱼太满了，有些鱼开始往外跳，"啪——啪——啪——"闪着银光，落回海里。于是我腾出一只手来，使劲护着渔网，然后快速往岸上跑，大声喊："爸爸——白花花的鱼！"然后爸爸扑过来，喊道："哇！这么多鱼！这么多鱼！"

然而！事实不是这样子的！一捞，鱼不见了。一捞，鱼又不见了。我想，它们可能并没有跑，而是已经被我捞住了吧，于是赶紧起网，一看，什么都没有，连一根水草都没有！只有几粒石子。如果以我在陆地上的速度，我一定能追上它们。可是我不是在陆地上。

我没有想到鱼是这种情况，我知道我之前的想法有点儿过了。

怎么形容那些鱼的机灵呢？

就像你折了个纸飞机，它薄薄的，一开始不会飞，但如果你从楼上阳台把它丢下去，它会飞得很快。

而且那些小鱼还可以刹车，暂停一下，看你一眼，然后又突然跳走了。

也像是蹦极的人，停在跳台上，站在那儿，你以为他不会动了。可是，突然一只脚踹过来，他嗖地就走了，跳出去几百米！

对那些鱼，我的网就像踹它们的脚。

它们的速度快得——你如果拍照，会是一片马赛克。

大鱼好找一些，可以追着它跑。

小鱼一窜就不见了。

我还以为大鱼憨、笨、个儿大，会好捉一些。

但其实不是，大鱼和小鱼的区别在于：大鱼你看着它走了，小鱼你没看见它就走了，走了不送。

一会儿它们又回来了："就这？就这？来抓我啊！我不动！"

很嚣张。

抓鱼抓得心很累。我最后只能在水里打坐，"佛"了。

在海里，我一边坐着，一边想象在喝汤。

天非常热，海水也热热的。

我把这叫"没有紫菜和蛋花"汤。

或者我去找一个有紫菜、有海带的地方，往海水里面打个蛋，我边喝边吹。海平面刚好就在嘴边这里。

我想，要不在海边滚烫的岩石上打个蛋，我在海里稍微打个盹儿，鸡蛋就煎熟了，海浪一个接一个，把煎蛋送过来，我拿筷子挑起来吃，还是边上煎得焦焦的那种。

后来，我想干脆就在海面上煎，水煎蛋，煎好了要赶快吃，不然就糊了。

2020 年 7 月 16 日

大鹏古城

在大鹏古城里面，转了半上午，我没什么感觉，太阳晒得要死。反而古城南门外的小店挺好。

早晨刚从客栈出来，找早餐吃，看见第一家店，有玻璃门，有空调，显得很正规。

第二家在它的斜对面，没有玻璃门，门口飘着塑料帘子，我走过去想看一下有什么东西，做个比较。一过去，有个老爷爷说："快进来吧，天热！"把帘子给我掀开。

我就坐下了。爸爸也进来，坐下了。我们点了豆浆、绿豆沙、凉面。我问老爷爷绿豆沙是不是冰的，他说是。

可能豆浆刚好没有了，我看见老爷爷赶紧提着锅，进到了里面厨房，去打新的了。

绿豆沙真的很冰，特别好喝。

关键是第二次。我们从古城转完回来，老爷爷又从店里面出来，我们都戴着口罩，他也认出了我们，说："哎呀，走那么远，快进来吧！出这么多汗！"

他把电风扇调一下方向，对准我们，又把风调到最大。桌面上有打包的塑料袋，被吹飞了。老爷爷捡回来，拿手摁着。

老爷爷个头不高，一直点头哈腰，把我们当成熟人。

我们又喝了绿豆沙。

我一边喝，一边跟爸爸说："世界上只要有这种绿豆沙，撒哈拉我也可以去！整个太阳系，走起！"

老板娘也很好。

第一次去，买单的时候，她等着收银机自动报账："微——信——收——款——二——十——元。"等那个"元"字一播出来，她说"谢谢"，然后去忙别的了。

第二次去，我们吃完了，她问我们吃了哪几样。付款时刚播出"微——信——"，没再往下等，她就说："谢谢！"

这家店里有个打杂的阿姨，说话发不出声音来，只能做说话的口型，发出各种长短不同的气流。

爸爸和老爷爷聊天。老爷爷说他是河源龙川的。

我问爸爸，我有没有去过那里，爸爸说没有。

2020 年 7 月 16 日

万圣节

那时住坂田。

我们一群小孩子盛装打扮，戴着奇奇怪怪的面具，拉帮结派，去各家各户敲门要糖。

"不给糖就捣乱！"

"不给糖就捣乱！"

在一户人家，我要到了一块巨大无比的巧克力，大到我的南瓜小筐都装不下了！

一般首当其冲的，都是一楼的住户，他们的门好敲。

因为我们没有时间上楼。

我们不可能站在院子里，冲楼上喊："301房的！不给糖就捣乱！"

或者："405房的……"

遇到哪家的好要，或者他们给的糖多，或者给的糖特别好，出来以后，我们就会告诉别的小朋友："赶快去！"

于是就会有很多人，呼呼啦啦往他们家里跑。

我们还会叫别人到自己家去要糖：我们家现在谁在家里，我们家有什么样的糖……

我记得有一家，有个叔叔腿有残疾，好像走不了路，也不能站起来，坐在沙发上。

见我们进来，叔叔认真地说道："对不起啊，小朋友，真的不好意思，我没有准备糖……"

我们并没有捣乱就出来了。

也有的老爷爷、老奶奶，很尴尬地说："不知道还过这么个节，不好意思……"

我们也没有捣乱。

我最近多出一种思绪：

当我看到一个老人朝我看，就会想，这个人可能会突然想到自己的小时候，甚至想到小时候的某个人、某个场景吧？

2021 年 6 月 23 日

玩鱼

有段时间我特别沉迷鱼。

爸爸妈妈每次买鱼，我都要叮嘱一定要买活的。

买了活鱼，拿回家，我要和它互动。有时万一买回来的是宰好了的，肚子已经处理过了，我也要以帮助洗鱼的名义和它聊天。我看电视里，有的病人躺在床上，额头上还敷着一条毛巾，家人拿水给他喝。我把鱼放在水里，再拿个小碗舀水，把它扶起来，给它喂水。可是鱼跟人长得最不像的地方是，它的眼睛不在同一个方向，是在两边的，嘴巴单独朝前。我实在不知道应该让它竖着站，还是侧着躺。按照人的样子，应该侧着，但它无论往哪边侧都很不方便。

刚好我跟爸爸去福田的花卉世界，买了个小水壶，粉红色的，很小，每次只能装一点儿水。

我就用这个小水壶装水，来喂给鱼喝。

鉴于我对美好生活的向往，我"脑补"了一下，想象它是一条活鱼，是条活蹦乱跳的活鱼。实际上鱼的肚子已经漏了，我往它嘴里喂水，全从肚子漏了。但我是选择性地忽视这一点。反正它是活的，它是在沙漠里，非常非常渴，我要拯救它，我喂多少它喝多少。我一遍遍跑到水龙头那里打水。现在想想有点儿傻，我直接带它去水龙头那里接水不就行了吗？可是我那时候即使知道也不会那样做，好像跑去打水的过程，比鱼在沙漠里要喝水更重要。

我一点儿不怕麻烦。有些事直接做成反而就不好玩了。

那时我觉得，什么事情都是拿来玩的。世界上的事无非分为两种：一种是好玩的，另一种是不好玩的。

直到爸爸妈妈把我的鱼要走，我才会顶着两手腥味去玩别的。

当然，最多的情况是买活鱼回来。泥鳅呀，鲫鱼呀，鲤鱼呀，海鲳鱼呀，秋刀鱼呀，我什么鱼都玩过，可以养的鲨鱼也玩过——只要不去碰它的牙就行了。

可是我没有玩过黄骨鱼。

在我的强烈要求下，爸爸带我去清湖农批市场买黄骨鱼。

就在鱼老板称好了鱼，放在案板上准备宰杀的时刻，爸爸大声地喊道："不要杀！不要杀！不要杀！"

鱼老板肯定觉得我们是很奇怪的人。但上有老，下有小，为了赚钱，为了养家糊口，他还是很坚强地、忍痛地、极其失落地改变了自己的习惯，中断了自己的流程，放下了已经抬起来的杀鱼刀，把活鱼装进塑料袋，递给了我们。他肯定觉得这样很不好玩。

就像走路是件十分容易的事，但如果你正在走着，突然叫你把脚停在空中，那你就知道是件很不容易的事了。比如我走路，习惯先迈右脚，再迈左脚，而如果硬逼着我先把左脚迈出去，我就会很难受，必须停下来，让右脚先走一步，才能继续正常地走起来。

我想，所有鱼老板的手一定都形成了肌肉记忆——拿着鱼，往案板上使劲一摔。我经常跟大人去菜市场，好好观察过他们，我还想过我以后如果卖鱼，必须先学会怎么操作。

我太熟悉他们了。如果是特别活跃的大鱼，他们有的直接拿刀拍头。最野蛮的、有场地可以施展的，就重重地往地上摔。鱼立刻被拍晕了、摔晕了，等它们"醒"过来时发现自己已经死啦！

他们每次把鱼装进塑料袋里，并不是把塑料袋撑开然后装进去，而是把塑料袋翻过来，伸手进去，隔着塑料袋去抓鱼，抓到以后再把塑料袋往上一翻，鱼就在袋子里了，利落极了！

这只是第一层塑料袋，这层袋子一般是透明的。还有第二层。第二层套在第一层外面，第二层一般都是黑的或者是红的。第二层套好了才递给顾客。顾客提着，一点儿水都不会沾到手上，也不会滴水，很干净。

鱼老板们的智慧深深震撼了我，每一个动作都是那么完美无瑕。

我们以最快的速度往家跑。

不知怎么搞的，我总觉得黄骨鱼像个老公公，可能因为它有几根长胡子吧，或者它的脸有点儿像三角形，很苍老，很苍凉。我产生了一种对大自然的敬畏，哪怕我和它不是同一个族类。

回到家的情况，我就一点儿也不记得了。估计是很好玩。

后来我写过一首只有三行的短诗，题目叫《鱼》，不知是不是和这些经历有关——

<u>鱼</u>

鱼也会哭

只是它在水里

你看不见它的眼泪

2020 年 8 月 12 日

熊猫眼

那时住坂田，快过年了，我跟家里要了 1 块 5 毛钱，这对我来说是一笔巨款！我拿这笔巨款全部用来买了摔炮。5 毛钱 1 包，买了 3 包。一次付。

它的包装是这样的：外面是一个和火柴盒一样大小的盒子，里面有一个小塑料袋，小塑料袋特别薄，一撕就破了，撕破以后里面有些像锯末那样的碎屑，碎屑中间有 6 个用薄薄的纸包着的摔炮，里面有小炸药，封口拧成一个小尾巴，像《阿 Q 正传》里阿 Q 的发型一样，只不过它的小辫子是往上翘着的。这种摔炮一摔到地面上就炸了，而且摔的时候要很用力。我发现直接拿手去捏它，不会炸，但是一摔就会炸，"啪——"的一声。

我曾经做了一个小实验。反正爸爸对我的各种奇怪实验，向来都很支持。

我把每个摔炮的炸药粉，统统拆出来，拆了整整一盒，再把炸药粉都集中到一个纸包里，挤得都快包不住了，包完之后，很勉强地拧了一个很小的小辫子，然后使劲摔，没反应，不响，不过又没办法再重新分开它们。就这样怎么摔都摔不响，我才知道我亏大了，炸药粉全废了。

那个时候，我每次下楼梯，最后两级台阶，必定是双脚往下蹦的。其中有次，我在中间，超过两级台阶时就开始往下蹦，结果跨度太大，一屁股跌在台阶上，磕得生疼。

从那次我就记住了，一定一定要从最后两级台阶再往下蹦。

可是这一次，我不知怎么想的，我记得很清楚，我一只手还握着3包摔炮。

我那时一直过得很自由，因此总是迷迷糊糊、朦朦胧胧，好像很梦幻。除非别人给我交代的事情，我会记得很清楚，如果是我自己的事，比如我想去冰箱拿盒牛奶喝，或者把一瓶水放到冰箱里去，想冰一冰再喝，结果走着走着，从楼上走下来走到客厅，突然，"我这是要干什么呢？忘了！"一转头看见小白兔在吃草，就跑过去了："小兔兔——"或者一转头，看见妈妈回来了："啊！你回来了！"或者一转头看见姐姐，就和姐姐玩去了。而原来要做的那么简单的一件事情，本来可能一分钟就能完成，但我却需要一个小时才能完成，或者永远也不能完成。

我手里握着3包摔炮，我记得很清楚。

在我迷迷糊糊的童年里，很少有的，那次我很清楚我的目的，并且不惜一切代价，想要完成它——下楼去玩摔炮。我很坚定地打开房门出门，往下走，在剩下最后不止两级台阶时，纵身一跳。我起跳时可能有点儿紧张，一紧张就握紧拳头，然后摔炮竟然就在手里炸了！这么一炸，我在空中就偏离了航线，降落在台阶上。

我根据当时非常有限的人生经验，遇到什么力不从心的局面，就哭，万事哭为先——"啊啊"地哭。家人在 4 楼听到了我的哭声，姐姐先跑下来看，又叫来爸爸，把我提了上去。

　　姐姐一直盯着我的脸。可能是摔炮的威力，我的眼圈被炸得黑黑的，像是抹上了锅底灰，像熊猫眼。姐姐笑得快裂开了。我可能平时太烦她，或者我曾经笑过她，姐姐就终于盼来了这一天，摔炮替她把我给修理了。

　　摔炮真的把我炸醒了。姐姐的笑声让我明白，命运之神的确没有站在我这边。气人的是，笑是有感染力的，见姐姐笑，我竟然也开始笑，更气人的是我的笑声向来比较滑稽，所以我一笑，姐姐笑得更开心。

　　从这件事情开始，姐姐笑我，就再也没有停止过。

2020 年 8 月 12 日

纺织娘

在梅林的一家电影院，电影散场了，我们一走出来，突然有只很大的纺织娘落在姐姐后背的衣服上。

我叫起来。姐姐很蒙，纺织娘也很蒙。

爸爸对姐姐说："你不要动，我帮你取下来！"爸爸怕它掉下来被踩到。

我们把它带到树多的地方，放飞了。

它可能只是从姐姐身上路过一下。

刚好，我们也是在它的"飞"里，路过了一下。

2021 年 2 月 10 日

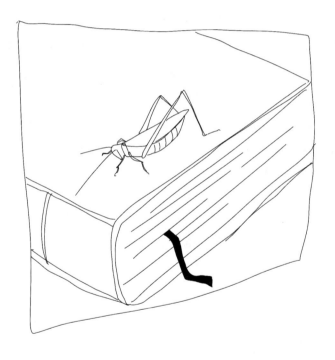

指甲

我曾经特别喜欢拿手劈指甲，不用剪刀，不用指甲刀，徒手打磨。

不过我更小的时候，手脚还不太灵便，连拿手劈都不是，而是拿牙齿咬。

每次劈指甲，都不能弄光了，要保留至少一个，不要动它，随时用来劈别的指甲。

这就好像发面做馒头，最后要留一点儿老面，下次发面时做酵母用。

听说卤肉也是，卤完了也要留下一些老汤。

指甲是人最贴身的武器。

如果你包里带小刀、剪刀之类过安检，肯定被没收。

有一次我从光明农场回来，坐高铁，连我挖土的小铁铲也被没收了。

还有一次，我把姐姐的一把剪刀带出去坐地铁，被没收了。姐姐责怪了我很久。

但是没见过有谁因为指甲长而过不了安检。

刚好我有一颗虎牙，除了可以把手指甲咬得很尖，我还可以把它咬成锯齿状。

　　方法是先把它咬成三角形，再咬掉它的尖角，变成梯形，然后在梯形的上面那条边上，咬出一个小缺口。

　　有个长指甲、尖指甲，打架的时候，都能用得上，不打架也感觉很安全。

　　记得住在东莞时，有个朋友，指甲留了很久很长，结果被她妈妈给强行剪掉了，搞得她很沮丧。

　　长指甲和尖指甲有个坏处，容易伤到自己。

　　一捋头发，脸上来了一道，或者头皮上来了一道。

　　有时搔痒，也会突然忘记了。

　　那时候没事干，我就一直咬指甲、劈指甲。

　　我发现，我许多朋友也这样。

　　回到老家，爸爸帮奶奶剪指甲。

　　奶奶说，光剪脚指甲就行了，手指甲可以自己劈。

　　看来我的习惯，还是从奶奶那遗传过来的。

2020 年 4 月 30 日

第 3 辑

月光里
——
盐村记

盐村的早上

1

鸡一叫，再躺一会儿，数 1234567，好像天就快亮了。

晚上的时间过得非常快。

闭着眼睛，慢慢地数，数 60 秒，可能刚数完 60 秒，实际上就已经过完 10 分钟了。

再躺一会儿，有个别的鸟就开始叫了，啾啾啾啾，我就知道我可以爬起来了。

一爬起来，我觉得很精神，我怎么这么精神啊。

我走到客厅，把灯一开。

我把书柜门打开，把一本最厚的、我认为最有文化含量的书抽出来，在沙发上一躺，翻开。

一时又看不进去，怎么也看不进去，看进去也记不住，昏昏的。这么看了两三页，就算是洗了把脸，醒醒眼睛、醒醒脑子吧。

又听见鸟叫，不是一只鸟在叫，好像是两只鸟。

我知道我真的醒了，我要开始今天的任务了！

把书一合，往茶几上一丢，瞅一下院子，还没有天亮的迹象，还是黑的。

一上楼，门一开，往椅子上一坐，哦，有露水，就是真正早晨的感觉，特别是对我这种向来把中午当早晨的人来说！

也可能是晚上下过一点儿小雨，是雨水，但是雨水露水都没什么关系，一大早这都不是问题！

椅子是木头的，上面吸的水分比较多，颜色很深，好像它还完全在夜色里，还根本没有从那里面出来。

而有金属的地方，有一点儿反光，像夜里的星星那样，不算是光亮，只是光泽。

拿手摸摸那些雨水或是露水，我就觉得，新的一天开始了！

我先在楼顶绕了几圈，这边的房子门没开，那边的房子门没开，珍珠家的门也没开。北边那个老人的家，我看不见门在哪儿，他的家是很简陋的，虽然有一个门，但我不能确定那算不算门，就是一块木板而已，竖在那里，也没开。

再朝那些比较高的楼房看一下，也没有开灯。

我确认了一下，没有人比我先起来，起码他们都没有正式起来。

我一定是全村第一个起来的，失眠的那种不算。

2

天还是黑的。

过几分钟再去看，你会发现它有变化。

但你一直看着它，也看不出有什么变化。

我只是心里知道它在变。

就像是我玩橡皮泥，白的橡皮泥，给它加两滴色素，混在一起，扯的时候，它就一丝一丝、一条一条的，很不均匀。

天上也很不均匀，亮得不透，天空像是许多许多的个体，这边亮了，有点儿光，那边还没醒，还不亮，黑黑的，彼此是不同的天空，各是各的。

可能我们往不亮的地方走，走几百公里，那里的人还在睡觉，睡得很沉吧。

3

鸡差不多叫了的时候，他刚上完厕所。

那是我们家北边的邻居。

他白天从来不唱歌，但晚上一定会唱。

而且他会常常待在厕所里。

在我印象里，他是一个要么在捡废品，要么一直待在厕所里的人。

有一次，珍珠来我们家时，专门把窗户给关上了。

我问她为什么。

她说，窗户对着的方向，是那家人的厕所。

大前天，我突然想起珍珠的话，想把窗关起来。

我一关窗，刚好他正从我的窗前路过。

因为我们两家之间有条小道，他总是把捡来的废品放在那里。

他可能要去整理一下废品。

关窗当然是因为有些嫌弃。

但是当你嫌弃一个人，他一出现在你面前，你很容易就嫌弃不起来了。

你会觉得他是一个人，他是一个老人，他的头发都白了，花甲之年，却老当益壮，常常背着一大堆废品！

我甚至想，他可能还有孩子，他省吃俭用，所有的钱都留给自己的孩子，太令人感动了！

你怎么能当着他的面，表现出嫌弃呢？

然后他就走过去了。

不过他一走过去，我的那种"圣母感"立刻就没了，心想，我还是悄悄把窗关上吧！

其实有时候，你讨厌一个人，不在他面前的时候，你会想很多骂他的话。

但是一见到他，就讨厌不起来了，你会说："你好，你好！"

什么问题都没有了，彼此还特别客气。

很多人都是这样。

我住在东莞的时候，跟别人闹了矛盾。

一见面，没事了。

再买一包辣条，大家用手抓着一吃，啊，友谊不但回来了，而且还升华了。

小孩就是这么简单的一个物种。

还说北边这个邻居。

有人说他是疯子。

其实他不是。

可能他只是间歇性地会出现抽搐，口冒白沫，短时间昏厥，可能只是羊角风。

他老婆也捡废品。

他们把很多废品都捡回来，攒起来。

比如说破沙发，他们也要。

沙发里面的海绵，都已经碎碎的了，他们也会要，我不知道这种东西还会有什么用。

有时凌晨两三点，他也会在厕所唱歌。

他可能也没啥事干。

也可能他在村里，挺受排挤的吧？

4

我开始坐着听鸟叫。

一开始没有什么鸟叫，后来有几只鸟在叫，再后来鸟就多了。

我先写一写蝙蝠。

我们晚上看到的蝙蝠，它本来就是黑的，夜色也是黑的，夜色黏在它身上，呼啦呼啦的，它就显得个儿很大。

大清早，被灰灰的天一衬托，它就很渺小了，身子的形状圆圆的，要是不比对着它飞的方向看，你都看不出哪边是它的头，哪边是它的尾，况且它的鼻子不明显，飞得又快。

蝙蝠飞起来嗒嗒嗒嗒的，扇得非常快。

就像外国老电影里的打字员，嗒嗒嗒嗒打字，发电报。

蝙蝠如果成群，很有气势，很吓唬人，真的像一群吸血鬼。

不过我知道，我们这里的蝙蝠，都是果蝠，吃水果，吃小虫子，不吸血。

等蝙蝠完全不见了，就出现了燕子，接着是喜鹊，再就是麻雀。

燕子的嘴很尖。

喜鹊有点儿凶，爪子看上去特别有力。

麻雀的个头最小，战斗力不强，它抢不过别人，躲躲藏藏，飞得很低，很谦卑。

麻雀是那种不敢喝上游的水的鸟，怕对别的鸟不尊重，要专门从山上跑到山下去喝那底下的水，它也会像个小偷一样趁你不注意，赶紧逮个虫子吃。

我眼看着麻雀一下子扎进树冠里，还以为它们一穿就穿过去了，会从树的另一边出来。

就好像是有人拍电影，摩托车从一条很挤的夹道里一下子钻过去了。

或者从桥洞里穿过去了。

可是麻雀扎进去却并没有出来，我还担心它的头是不是在里面卡住了，出不来了，而且它扎进去的速度又特别快，猛地一头扎进去了！

接着发现好多只麻雀，一群一群，都扎进去了。不可能一群又一群鸟都卡在树杈里面呀。

后来，我终于明白，原来它们都是住在里面的。

麻雀唰一下就钻进龙眼树或者杨桃树里了，过了半天，又唰一下出来了。

就像一个人从家里出来，跑去地里拔一个大白萝卜，再赶紧跑回家。

麻雀非常恋家，总是从树里出来后，转一圈就回去，转一圈就回去。

而燕子会一直在那里转圈转圈转圈，就像有些人好多年不回家。浪子燕青，何以为家，四海为家。

就好比拿石头打水漂，燕子像打出去可以一直漂，漂很远、漂很久很久的石头，可是麻雀一打就下去，一打就下去，不经打，打不起来，或者顶多只能漂一下两下，然后一头沉进去，完了。

天越亮，小麻雀越明显。

那些燕子，平时在窝里面伏着，你以为那是只老燕子，它一在空中飞，你会发现完全就是一只小燕子。

喜鹊不像麻雀那么务实，我觉得它们有点儿娱乐倾向。

它们很醒目，身上是黑的，胸前是白的，翅膀和尾巴有些羽毛也是白的。

我们家南面，一条过道之隔的房子，房顶没有梯子，应该不经常上去人的样子。

有些鸟屎，脏脏的，旧旧的，有绿色的青苔。两只喜鹊蹦到房子上面，在看我。

我赶它们，想看它们飞。

它们没反应，好像心里知道反正我也过不去。

我当时穿的大睡袍比较厚，就把两边揪起来呼扇呼扇呼扇，模仿鸟飞。

它们扭头看我，说不定还以为我很傻。

它们把翅膀打开，像大扇子轻轻背在后背上，胸脯很低，故意贴着地面，走几圈，白色的尾巴一抖一抖的，似乎在炫耀："我还可以这样走！"

我不理它们。

它们反而像小孩一样，你不理它们，它们自己玩腻了就走了。

它们飞到我们家的院墙上拉屎，再飞到我们家院子的龙眼树上，晃啊晃啊晃啊。

我很担心它们很重，加上有风，把龙眼花都晃掉了，就没果子吃了。

我站在楼顶赶它们，或许它们也有经验，知道我不会从楼上直接跳下来抓它们，所以也不怕我，没有反应。

我从楼梯跑到一楼，往院子里冲。

我一冲出门，它们就飞了。

鸟多起来了，就开始大叫。

它们只有几只的时候，不怎么叫，但它们多起来时就叫得很欢，像山东老家的女人之间，往对方手里塞一把青菜，或者塞水果，或者塞别的什么好吃的东西，互相谦让，互相推辞一样——"啊呀，你拿着你拿着！""啊呀，不要不要！"叽叽喳喳，外人还以为是吵架呢。

5

鸟在吃虫子。

吃完以后，麻雀走了。麻雀一走，喜鹊也走了。燕子会一直待下去，好像回不回家都没关系。

燕子可以待到差不多9点。

6

天已经有一点点白了。

你感官上并不知道它在变白，只是你心里清楚它有一点儿发白。

这时候凳子也有点儿白了，有点儿反光了——它一开始是亚光的，磨砂的，后面才慢慢有点儿光泽了。

这时候我的睡袍也白了。

一开始它是发灰的，深色的。

我自己一开始也是有颜色的，比较暗，像是非洲那里的人，慢慢就像印度人了。

更多的公鸡出来打鸣了。

这时，我一直在盯着珍珠家的门。

开始她家的门没有开。

有鸡打鸣了，那门就开了一半。

然后看见珍珠的奶奶，走到隔壁的隔壁的院子，去喂鸡。

那个院子也是她家的。

她家的门有两扇，珍珠奶奶出来时只打开了其中的一扇。

一只大白公鸡，雪白的，我一看见就想起白雪公主，鸡冠很大，跳到围墙柱子的最顶上。

它叫了几声，就跳下去。

又换上一只棕色偏黄的稍微小一点儿的公鸡，鸡冠也小一点儿，接着上去，开始叫。

叫完了，也下去。

最后上来一只更小的，鸡冠也更小，但能看出它是只公鸡，土黄色的，跟第二只颜色差不多，也是叫，叫完也跳下去了。

像排队一样，三只鸡轮着来。

珍珠奶奶开始喂它们了，她把饲料撒在场院中央。

那些母鸡也抖抖翅膀，啄食。

鸡一开始到处跑，现在都集中在场院中央啄啄啄，好像其他地方都被遗忘了一样。

好像有一道看不见的墙，突然挡住了它们，没有米的地方，它们根本就去不了。

7

我发现，带小鸡崽的鸡妈妈，要到下午才会出来。

等天凉一点儿了，太阳没那么晒了，它才会带着孩子们出来。

8

总之，最早起的是公鸡，然后是母鸡。

然后是珍珠奶奶。

然后是一个小伙子。

这个小伙子骑一辆电动车。

他穿着一件蓝蓝的制服，衣服有点儿亮、有点儿反光。他从巷子里骑车出来。

我判断，他应该是去东山或者民安上班的，像是工厂里的工人。

但他的车新新的，看上去能开得飞快。

他往下耷拉着脸，一副很不情愿的样子。

好像是那辆电动车硬把他从床上叫起来的，然后把他的手绑在车把手上了。

在他后面，从另一条巷子的拐角，又出来一个矮个子老人，骑着一辆旧电动车，肩上扛着一个类似于锄头或者耙子的东西。

他骑着车，身子一扭一扭的样子，跟我妈妈一样，我妈妈骑车也是这样一扭一扭的。

他一只手扛着锄头或者耙子那种东西，另一只手放在车把手上。

车把手上还挂着一个红色的大水桶。

他那辆车好旧，我觉得它以前应该是白色的。

现在变成黑灰色的了。

他骑着电动车，不紧不慢，吱扭吱扭的，骑出了一种自行车的感觉。

车把上的水桶一晃一晃，就快要掉下来了，可是又掉不下来。好像它和主人之间有一种默契——"你可以瞎晃，但你不可以给我掉下来！"

他往相反方向的村口，也就是海滩的方向种地去了，村那边的地多一些。

骑车的人走了之后，出现了一个老奶奶。

就是有一次叫我去她家，帮她调电视机的那个。

她拎着一个蓝色的水桶，慢悠悠地，也往海滩方向走过去了。

她的水桶已经褪色了。

不过这个村里，好像所有的水桶都褪色了。

相比前面的那个年轻人，我觉得这些老人都显得非常放松，做什么都是自愿的。

9

我看看这边的人家醒了没有，再看看那边的人家醒了没有，到处看。

我们南边这家邻居，他们院子里有个手压水井。他们是从深圳回来的，不想在深圳干了，听说现在还没找到工作。他们不种地，很明显起得晚。

天已经很亮了，麻雀、喜鹊都不见了，鸡都在啄食了，他们家的门还没有打开。

早晨的时候蚊子都没有出来。

搽不搽花露水也没什么关系。

就在这时候，珍珠起来了。

珍珠家的门有两扇，珍珠奶奶开了一扇，珍珠开了另一扇。

珍珠大概先去洗漱。

我能看见她走进了她家的洗手间。

她进去洗漱完了，就去她们家的柴火堆那里取柴火，做早餐。

柴火堆在墙角，从我这个角度看是盲区。看不见，但我知道那里是柴火堆。

珍珠奶奶起来先去喂鸡，珍珠起来先喂自己。

她家的柴火堆那里，是一只老母鸡待的地方。

那只老母鸡，一有人从旁边过，它就蹦一下，好像踩到它的脚爪了。

可能真的踩到了，也可能根本没踩到，没踩到它也蹦一下。

我觉得它的腿短，是因为蹦得太多了。

因为它很肥，肚子里又有蛋，反反复复蹦，蹦得很快，身子往下蹲，把腿压短了。

我发现我的亲戚快生孩子时，腿也显得短了。

珍珠和她奶奶一样，刚起来的时候，走路都是摇摇晃晃的。

好像一夜未眠，困困的。

也像她们的脚都踩了胶，走起路来老是粘着地面，可是又没有完全粘住，每一步都在拔丝。

珍珠洗漱完毕，从洗手间出来，把脚上的丝也都洗干净了，走路很挺拔。

10

这个时候我的睡衣完全白了。

我也长得像一个人了。

我在黑夜里是黑的，远远看，看不见，不像一个人，单独抠出来也一定不像一个人。

然后，楼顶平台的凳子也长得像凳子了。

所有的门窗也长得像门窗了。

小巷子也长得像小巷子了。

什么都长成自己的样子了。

我感觉，如果我不上楼，不亲眼盯着，它们就永远不会醒来。

燕子就不会飞，鸡就不会去吃东西，时间就凝住了，全世界都停止了。

11

今天算是乌云挺多的。

一会儿阴，一会儿晴。

有时候你看那天，你会觉得，哎，今天是个晴天，晚上可能会有很多星星。

这个时候，突然，那云飘的速度特别快，一下子就给你一片乌云。

然后你就会想，噢，今天应该是个阴天。

就像你要训练一只狗跟着你往前走，就用肉骨头引它，可是你不能真的让它吃到，等它没有兴趣的时候，你要再引它一下。

那些乌云都是小小块的，往往隔一块有一块。

晴朗的地方就像诱惑你的一块肉骨头，让你像个小狗一样跟着它跑，但始终不让你绝望。

有时候，我也想推测一番，心想现在出的是乌云，那紧接着应该还是乌云，或者现在有乌云，那下次就会是晴天。

可是云彩分布得很不均匀，根本没有规律，我怎么猜也猜不过它。

但我有时也会有一种"神力感"，如果是阴天，我就说："我叫你阴，你给我阴！"如果是晴天，我就说："我叫你晴，你给我晴！"

太阳一直没有出来。

我只能感受到它的一些余光。

好像后羿又回来了，他把最后这个太阳也给射下来了。

那些云彩是这样的——黑的离我们近，白的离我们远，我坐飞机看见的也是这样，很白的云朵总是又高又远。

像不像，有些不愉快的东西总是在跟前，那些自在的、开心的却有点儿远。

12

等我回到房间，已经是开不开灯都无所谓的亮度了。

我去院子里，看泡开的那两盆石灰。

前天去民安，跟一个石灰厂老板要了一块石灰石。

那些泡开的石灰，经过一夜，都沉淀在水底下了，像是睡着了一样。

就好比，我在床上睡觉，床上有个床垫，我开始睡的时候，我在床垫上面。

滚了一夜。

醒来的时候，我就在床垫下面了。

我用铲子把石灰从底下捞起来，捞起来。

"你们统统给我起床，不要再睡了！"

2020 年 3 月 26 日

数星星

我一个人在天台上。

满眼都是星星。

但我叫不上它们的名字，也不知道到底有多少颗，我就开始数。

为了准确，数了好几次，结果每次的答案都不一样。

就像有时做题，反复算，每次的结果都对不上。

数学题还可以套公式，但数星星就不行。

因为除了那些非常独立的星星，很多星星都扎成一堆，变成了一片白蒙蒙的光，很难说到底谁是谁，得把想象挤进这些光里，再让想象把这光掰开，掰成一颗一颗具体的星星，才能继续数。

但实际上很难做到。

最终结果是，先不算那些光，单个的星星，有 141 颗。

那些太密集的星星，数出来的数字浮动太大了，每次都不同，我就不管它们了。

今天我穿的不是白色的睡袍。

刚才妈妈给我拿来一件新的茶色外套，比棉袍薄一些。

不知不觉，天气已经变暖了，不再适合穿那么厚的睡袍了。

晚上，虫子的叫声很响亮了。

在白天，偶尔能听到蝉叫。

我在看星星的时候，突然发现一颗流星在天上飞，从西边田野那里，越过我头顶，越过珍珠家，往东边的水塔方向飞。

但那流星实在飞得太慢了，一般的流星"唰——"就过去了，这颗流星更像是在磨磨蹭蹭地走，我很难让自己相信，这是一颗流星。

突然又想到，或许是一架飞机，可是这速度，说是飞机还是太牵强。

又看了一会儿，发现它发出来的光是忽明忽暗、忽闪忽闪的，才明白是只萤火虫。

2020 年 4 月 30 日

小狗来了

昨天中午，我想了很久的一只小狗终于来了，非常活泼。

我们给她起名叫马蹄。

深夜 12 点，她睡醒了，在房间里上厕所，我拿纸给她擦了，然后陪她玩。

1 点，陪她玩。

2 点，她睡了，我也爬到床上躺着了。

3 点，她貌似在说梦话。

4 点，她睡熟了，我躺在床上，还醒着。

5 点，她睡醒了，我没睡，给她弄了点儿狗粮和水，她吃完我就抱着她上楼顶看星星了。有很多星星，也有月亮，这种情况挺罕见的，月亮旁边有一圈光，像是紫色的。还有云彩，和斑点狗的毛色差不多，一点一点的。小狗没耐心了，我就抱她下来。

5 点 30 分，带她到院子里散步，顺便喂鹅和鸡。我家有三只鸡、一只鹅。我在黄皮果树下面捡了一个鸡蛋。鹅已经洗完澡了。

6 点，小狗散完步回空调房趴着睡了，我去客厅倒了一杯可乐。本来想要拿去房间喝，但是在半路就喝完了。又倒了一杯，忍着进房间才喝，结果可乐没什么气了。

我打开电脑下了一个软件，还在电脑上下载了一段好听的狗叫音频，想给她做早教。她现在才两个半月大。

6 点 30 分，她又醒来了，跑去喝水。我给她泡了一些狗粮在水碗里，她好像有点儿嫌弃，我就把那碗洗了洗，打上清水，她才喝。她上厕所时会蹲下，今天早上好几次往地上一坐，我以为她是想上厕所，吓坏了。小狗拉屎真的很可怕……不过她拉屎的频率，没有人类幼崽高（听我妈妈说的）。我昨天在网上搜怎么让小狗不乱拉，看到一个人说，不让小狗拉的地方你要当着她面都尿上，唯独想让她拉的地方不要尿，狗就知道哪里是你的领地，哪里才是她的领地……

7 点，和她一起听歌，但她好像不感兴趣。听说有的狗能听懂人说话，不知道真的假的，很想试一下。和她聊了一会儿——

"你看过果戈理的《死魂灵》吗？"

"……"

"那你看过李娟的《我的阿勒泰》吗？"

"……"

"到底看没看过？"

她什么都不说。

8 点，突然发现屋里变成金色的了，窗外太阳已经很高。

2020 年 5 月 15 日

天空的味道

楼梯间的天花板上，壁虎一点点靠近一只小虫子，然后，一下就把它吞掉了。

这个过程很快，就像是两滴墨水，突然合在了一起。

我从房间往天台上走，感觉还有点儿困。

但是一上来，立刻就醒了。

不是从昨天到今天的醒，而是从以前到现在的醒。

天还非常黑，看不到云，看不到月亮，也看不到星星，像一个黑洞。

我觉得这个样子可能更好，因为可以看得更远。

我从楼下拿了一袋花生，还有一瓶酸奶。

我等着天亮。

我剥着花生，把花生壳丢在黑夜里。

我把天台的门给关上了，感觉好像黑夜更黑了。

黑夜穿透了我。

好希望这个时候，有一个朋友陪我聊天。

现在，我心情灰灰的、黑黑的，跟这个天一样。

我一个人在天台上，好孤独。

我在天台上来来回回地走，至少走了 1 公里。

我现在有一点点困，想在躺椅上躺一躺。

天上的星星出来了。

鸡叫声停下来以后，好像我的孤独更孤独了。

你们都睡得跟猪一样香。

我闭眼的瞬间，会不会有个天使把时间暂停，再把天撕开，往下偷看一眼，又赶紧粘上？

看久了上帝要骂。

有青蛙叫的声音了，夏天到了。

我不知道我以后还能不能看到这样的天空。

居安思危有时是件好事，有时不是。

天上的云一朵也没有了，它们飘到"以后"里去了。

鸟提前进入早晨。

我听到了它的叫声，但我看不到它，我不知道它在哪儿叫。

我只能看到星星，像是星星的叫声。

星星的叫声，从我的左耳飞到右耳，像鸟儿飞过去一样。

我有点儿蒙，我不知道应该说是星星叫得像鸟，还是鸟叫得像星星。

院子里的鹅不叫了，可能它现在心情跟我差不多。

它会不会也在看星星？

海堤上，那个打着手电筒照来照去的人，差不多 4 点钟左右，就不照了。

我想，到了 6 点钟，天亮的时候，我的心情会不会跟天一起亮起来？

突然想变成很小的小孩儿。

我，一个穿着雪白衣服的人，坐在黑夜里面，好突兀。

狗叫了，鸟叫了，蝙蝠往自己家里飞了。

现在的天，有一点点浅蓝。

然后有一点儿白，但不是特别白。

我看见我的鼻梁了。

看见桌子上我剥下的花生壳了。

还看见对面那户人家楼顶上的水箱了。

一只鸟飞到电线上。

邻居家的公鸡都出来了。

那些公鸡出来，是因为它们的公鸡同伴们纷纷开始叫了。

我们家的那只公鸡，因为它的同伴都是母鸡，那些母鸡还需要睡觉，所以它就没有出来。

鸟叫的声音，就跟笛子一样。现在天还不是特别亮，所以它们还不去抓虫子，只是叫。

那种细小的星星大部分已经不见了，就像被过滤掉了。

光从我的眼睫毛挤进来，我的眼睛亮起来。

珍珠的奶奶开始在院子里使劲锯一段树干。

她应该是锯了当柴火用的。

珍珠的爷爷常常去海边，捡那种枯树回来。

海边有一大片桉树和木麻黄连成的树林。

星星又没了一颗。

那些细微的小星星，全都消失了。

一颗中等大小的星星，也只剩下一点点痕迹了，马上就看不见了。

远处，西南面养虾场的灯，亮了整整一夜。

珍珠也起床了，她现在应该是要去洗漱、吃饭，她穿的衣服也是白色的，跟我睡袍的颜色一样。

我用手机录音，记录自己的想法。

现在我说一句，天就亮一点儿，说一句，又亮一点儿，好像是声控的。

我的嗓门越来越大。

现在，天空的脸已经变成蓝色。

在我身后的方向，天的脸有点儿发烫了。

我可以看书了，这个亮度让我能看清《呼兰河传》里所有的字。

我们家的鹅开始叫了。

鹅准备洗澡了。

我看着它洗。

它也看我。

我听到有人发动摩托车的声音，然后从我们屋后飞驰而过。

这时，路灯还亮着，飞蛾还在那里飞。

我的手机只有 10% 的电量了。

我真喜欢这枯燥的生活。

它大概也是很多人活着的意义吧。

我想，如果天有味道的话，它应该是有一点点甜味的吧。

我发现我又把拖鞋穿错了，左脚穿着自己的，右脚穿着爸爸的。

大家都醒了，我困了。

2020 年 4 月 21 日

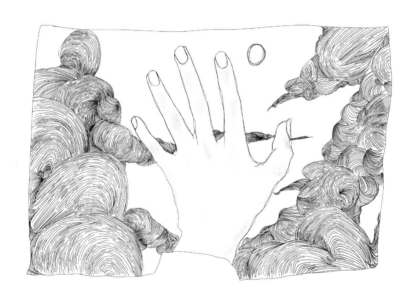

盐村，又一个早上

我从房间里走出来，走上天台，抬头看。

这个时候的天，还非常非常灰。

只有很仔细，才能看出有那么一小缕的白。这种白，如果你不想着那是一缕白的话，你是看不见它的。

比起说，我是从房间里面走出来，在天台看天，更像是从一个房间，到另一个房间。

这个时候的月亮，还是跟晚上一样。

天上还有一点点星星。

只是说，月亮的对面——太阳出来的地方，有一点儿光。

月亮像水粉画一样，虽然很朦胧，但是也很清晰、很明显地照亮了它旁边的云。

天上有很多很多的蝙蝠，随着风的节奏，在那儿飞。

比起说，它在飞，更像被风刮走了一样，刮过去又刮回来。

我回了一下房间，再从黑暗的房间里走出来的时候，天白了很多，好像一下子亮了。

但是还不是特别亮。

这时月亮旁边那两朵云不清晰了。

我不知道是月亮照亮了云，还是云照亮了月亮。

我在脑子里去想这些语言。

院子里的鹅已经不再睡了，它站起来了。

它站到水盆里拍水，弄得很响。

这个时候，我的耳朵里已经有许多鸟儿在叫了。

我的脑子已经装不下这么多美好的东西了。

所以我就开口说出来，自言自语，先是小小声说，然后越说越大声，越说越快。

后来，院子里的鹅抬头看我。

院子里的母鸡也抬头看着我。

它们可能也知道我在说什么，但是它们不知道怎么表达。

或许它们也是另一种人类。

但是它们忘记了怎么跟我们交流了。

我在紧张的时候，也不知道怎么跟别人交流。

最后，云变多了。

月亮变小了。

不对！月亮像是一块白色的颜料，和其他颜料匀开了。

天上很多云，还有一丝一丝的月光，像是北极光。

不过这种北极光是白的，应该叫它白极光。

我又转身看另一边儿。

另一边儿，已经有白天的那种感觉了。

爸爸跟我讲过：世界上有一个村庄，它有 100 天都是黑夜；还有一个村庄，有 100 天都是白天。

我感觉，我的前后两边的方向，就分别像这两个村庄。

太阳越来越亮。

它如果一直亮下去，就会亮成那种你不知道它是什么白的那种白，已经没有办法去描述它了。

天上没有任何别的星星了，只有一颗挂在太阳和月亮的中间。

好像给它们俩做了一个分割点一样。

这颗星星很美，就是那种正在慢慢融化到白天里的美。

虽然说它和天空都是白色的，颜色差不多，但是你还是能分辨出它和天空不一样。

它给人的感觉是，太阳和月亮都在走动，而它是不动的，好像它是钉在天空上的。

往远处看，海平面是完全看不到的。

我不知道是不是因为海和天空融成一个颜色了。

但是天变亮了以后，我还是看不到海平面。可能海也会随着天空的颜色变。

它跟天可能用的是同一个调色盘，天是什么颜色，它就跟着是什么颜色。

所以说，如果有一天我老了，我脖子疼，我不能仰头往上看，我就去看海。

看海和看天是差不多的。

这个时候，已经有很多鸟和鸡在叫了。

云挪动得很慢很慢。

我晚上看天的时候，都是云在动，星星和月亮都不动。

现在看天，只有太阳和月亮的光在动，好像云是不动的，就像一张照片，如果让我把它临摹下来，时间完全来得及。

这时，嘈杂的声音特别多了。

但这些声音，我也并不觉得特别吵，而是很美妙。

我的心跳得很快，可是我一点儿都不觉得急躁。

这么好的早上，为什么大家的门都没有开呢?

就连珍珠家的门也没有开。

2020 年 4 月 10 日

梦：等着吧

1. 一个类似于天堂的地方

我很清楚我自己并没有死。

但是我来到了一个死去的人居住的世界，类似于天堂吧。

开始是这样的，有一个人死了，我非常想念他。

我哭了，哭着哭着，就睡着了，然后我就见到了他。

那个人住在一座高山上，那座高山就像山水画一样。

我一边和那个人聊天，一边把那座山画了下来。

我还在那幅画旁边题了一首诗，但我不记得那首诗是怎么写的了。

可是，那个人好像老跟我怄气，把我画的画丢在了旁边的水里，我把那幅画捡起来，一边晾晒，一边骂他。

那个人是谁，是干什么的，他和我是什么关系，我都不知道，只记得他戴着那种古代的官员戴的帽子。

我说："你已经死了，怎么还高高在上，还要命令我，还不让我画画呢？"

那些死去的人，都在街上走。

好像在那个世界里，只能见到你在生前见过的人。

2. 海妹的家

我在街上遇见了这个世界里的海妹。

海妹说："二嫂，你怎么也死了？"

我说："不！我名义上并没有死，我只是来这里看一看。"

海妹的话令我特别生气，而且我刚跟别人吵过架，很不爽。

海妹说："我家就住在这儿，你来我家玩吧！"

我说："好吧。"

路上，我还看见了鲁迅，他在一棵樱花树下面站着抽烟，个子不高。

我就进了海妹的家，发现海妹和她家里的人，就跟活着的时候是一样的，面色很红润，她爷爷还是那种晒得黑黑红红的，但还是像生前那样老，就像海妹依然保持着很年轻的样子一样。

他们家里还有一些亲戚，都在喝酒。

他们家有很多小动物，其中有一只斗犬，长得很凶，跟人一样高。

还有另外一只狗，长得更大，颜色是灰的，像水泥，耳朵大得像大象，名字就叫大象，就像一只水泥狗。我抱了它一下，抱不起来。

海妹说："它有3吨重呢！"

那只狗也想抱我，被我拒绝了。

它伸过手来，在我的肩膀上轻轻拢了拢，的确很重。

海妹的爷爷跟我打招呼，说的还是雷州话，反正我也听不懂。

我很好奇，有各种好奇。

就问海妹："人死了是一种什么样的状态呢？"

海妹说："那你现在是一种什么样的状态嘛！"

"但我名义上是没有死的呀！死了以后，吃饭有味道吗？"

"没有味道的。"

"那还有没有触觉呢？"

"没有触觉的。"

"两个灵魂，因为没有实体了，是不是可以一个从另一个身上穿过去？"

"你带点儿脑子说话好不好，这是不可能的！"

"那到底是什么样子呢？"

"就跟做梦是一样的。"

海妹家里有好多小猫，它们都在笼子里，小猫在笼子里面嗷嗷地叫。

那个猫妈妈身体很柔软，在笼子外面爬来爬去，还爬到冰箱里面，从冰箱里面往外打门。

它把自己关在冰箱里面了，海妹把冰箱门打开，让它出来。

我轻轻摸那只猫，它身上冰冰的，不像我们家的狗，肚子是烫烫的。

猫笼子旁边，还有一个粉红色的小笼子，里面有一只小小的狗。

3. 孟婆桥一带

然后我们就在街上走，还路过了海妹家的玉米地。

我问海妹："像我这样名义上还活着的人，可以再在这里待多久？"

海妹说："这要看你签不签合同啦！合同签了，就等于要去投胎了。"

我感觉海妹家的人，都并不急着去签那个合同了，可能他们会觉得在人世间活着太累太苦了吧，投胎以后又要去种地。

说着，我们走到了办理投胎转世的地方。

他们说，一些有成就的人，像鲁迅这样的，就可以填一下表格，选择自己的人生，选择自己的财富，选择要投胎的家庭，还可以选择自己的天赋，比如唱歌啊，音乐啊，各种天赋，像在餐厅点菜那样。

我看见，那张表格上面有"人名""上辈子死亡的日期"这些项目，如果死亡日期不记得了，就画一个圈，毕竟有些人已经死亡很久了。

表格的最后一栏是一张图片，是孟婆桥的图片，那是一张发蓝的图片，上面是孟婆捧着一碗汤，叫孟婆汤，像捧着一碗酒。

孟婆很年轻，笑嘻嘻的。

她旁边有黑白无常，一个的脸是发黑的，一个的脸是发白的，都做着一个"耶"的手势——人生最后一关，新的人生从这里开始。

旁边的墙上，还写着一些标语，好像是"请迎接人生的一段新旅程吧！""相信你会有一种与上辈子不同的感受！"之类的。

海妹说："去投胎等于在死的世界里再死一次。当你投胎完成之后，如果不满意，你还可以再死掉，重新回来。当然也可以不投胎，一直在这里安居乐业。"

海妹问我："你要填这个表吗？"

我说："我不填！因为我名义上并没有死。"

我真的不能乱填。

否则，如果我把"平行世界"给打乱了，世界的局部发生了错乱，那些研究平行世界的科学家准会把我的头给敲破。

我又强调了一遍："我还是不填！"

然后，我又问："我到底可以待多久？还有，我在这里需不需要办一些证件呀……"

"这要看你喽！"她说。

不知怎么搞的，感觉海妹不好好说话。

然后，海妹就举了一个例子，她说起一个人——那个人的名字好像很俗的样子，比如说是什么大富呀，大贵呀，有财呀，那我们不妨就叫他大富吧——她说："那个大富都来了十年了，一直没去签合同。"

她说，大富生前是这样的，他是一个残疾人，后来死了，他是安乐死的，所以呢，死得非常安详。

因为死亡的痛苦，是到达这里的一个必经的过程，而大富死时，没有经历这个痛苦，所以他等于实际上还没有完全死亡。

在这种情况下，他来到"天堂"之后，就一直还是残疾人的样子。

他在"天堂"里熬了十年，残疾，瘫痪，饭也不能吃，水也不能喝，然后去投胎了。

"天堂"里面吃饭是这样的：你想吃饭的时候，饭菜就会自动出现在离你最近的一张桌子上。如果你旁边没有桌子，你认为那里应该有一张桌子，就会真的有一张桌子。你想吃什么，桌上就会出现什么。

每个人都不需要出去工作。

这时，我对海妹说："现在，你也不用陪我了，我自己去逛一逛。"

4. 重新回来

我就开始逛。

在街上，我看到了一些小朋友在玩跳房子、跳绳。

他们的跳绳是用草编的，长长的，两个人在两头甩，中间有十来个人在跳。

这些人我以前一定是见过的。

因为我说过，在这个世界，只能见到自己生前见过的人。

或许我是在街上见过他们一面，或许是在医院里见过一面，或许是在电梯里，或许是我见过他们的家属，他们的家属刚好在看手机里面他们的照片，我在擦肩而过时，无意当中扫了一眼，反正不管是哪种方式，我一定见过。

我继续沿着街道散步，那条街道地砖黄黄的，旁边也有一些小动物。

这些动物，事实上也是从人世间死掉，过来的。

这些小动物，或许我是在博物馆里面见到过它们，它们被制成了标本，我曾经见过它们身体的样子，现在我在这里，终于遇见它们的灵魂了。

里面有一只小狐狸，就像人那样坐着，用一只爪子支着自己的脸，像是在想事情。

它看着我往前走。

两边出现了玉米地、麦地。

那些玉米穗和麦穗，你可以随便掰下来，掰下来之后，很快又会长出来一穗新的，像割韭菜那样。

但是你绝对不能连根拔掉，否则就不会再长了。

我就继续往前走，走啊走，一直在走。

有一段路，再也看不见一个人了，也没有任何动物了，只有我自己。

我觉得我在这里，见不到亲人朋友了，他们基本上都还活在人世间，而我自己却跑到这"天堂"里来了，他们一定会伤心，多没有意思啊。

我也怕万一我这样时间久了，灵魂会不会真的死掉，人世间还会不会再承认我，我也有点儿难过了，尽管人世间的破事儿太多。

但是我又必须遇到一个熟人，才能被带回到现实的世界里去。

可是我的熟人，大部分都是在现实世界里。

我在想，是不是我也必须再投胎一次？

那我就去投胎吧。

我就又折回去填表格。

他们说："你上辈子还写过几首诗啊？"

黑无常抢过话去，说："尽管你写得不怎么样，还是给你一点儿面子吧！"

这个黑无常好像很不会说话一样。

旁边有一个穿白衣服的说："哦，对不起啊，他是刚来的。"

转头对黑无常说："快快赔礼道歉！"还用指头捅他，"道歉，道歉，快道歉啊！"

他又对我说："你上辈子写过几首诗，这个'几首诗'的'几'字呢，是两笔，那就允许你选两个天赋特长吧。"

我觉得他这样说话好奇怪。

我见那个表格上的"特长"，有很多种，有"通下水道的"，有"抠脚的"，有"掏耳朵的"，还有"近视眼""眯眯眼""地包天"……我想这些也算特长吗？顶多算是个特点吧？

好不容易，我从里面挑了两个还算是比较过得去的特长，一个是"长相正常"，一个是"会唱歌"，我在这两项旁边打了钩。

我还想再勾一个"女的"，还想再勾一个"在深圳出生"。

我脑子里快速想象的情况是这样的：一对夫妇，他们在深圳，生下了一个小孩儿，是女的，会唱歌，长相还算正常，那就是我！

可是，就在我勾完了"长相正常"和"会唱歌"之后，那个黑无常就过来把表格一把收走，说："不行！你已经选好了，不能再选了！要不然，你就把前面勾的删掉，才能选后面的！"

我刚说"你这样不行啊"，他们就强行把我摁到了孟婆桥，强行给我灌汤，强行让我去投胎。

我看见那个白无常，很不好意思地、有点儿愧疚地跟我挥手告别。

那个黑无常非常得意地做了个胜利的手势。

就这样，我又回来了。

也不知道怎么搞的，转眼之间，我就已经成为一个十五六岁的人了。而且隐隐约约地，我还带着上辈子的一些记忆。

2020 年 8 月 4 日

月光里

可能我上辈子是一个打更的更夫，晚上不爱睡觉。

我在床上翻来翻去，妈妈说："实在睡不着，你就去看星星吧。"

我从楼下走上楼顶，开始还以为有盏灯没关呢。一抬头，这灯有点儿高！是月亮。月亮刚好是半圆的。

楼顶摆着两把躺椅。我好像看见了我写长诗《夜空下》的那个晚上。好像我和爸爸现在还坐在那里。

有人说，每个人都是一座孤岛。

还有人说，每个人都不是孤岛。

这两句话都说对了一半儿。

因为谁都有别人触碰不到的经历和内心世界，都有自己的想法，谁都是孤立的。

但是每个人又都是会移动的孤岛，一座旅行中的孤岛。

他可以跟别的孤岛并行，或者和别的孤岛碰面。

就像是海上的两座冰山，也像空中的两颗流星，有彼此相遇的机会。

我在想，我未来去做什么好呢？

可能所有那些有创意性的事情我都想做。为什么有的人会把一件普通的事做得那么温暖？

虽然一个人不能够帮助另一个人一辈子都快乐，但是一个人完全可以让另一个人在短时间里忘掉忧伤。

我认为这就是一种幸福，是一件伟大的事情。

我想我以后会朝着一个方向去做。我不可能像神仙或者那种超能的人一样，使人们永远摆脱不快乐，能够拯救别人。我没有这样的超能力。我不知道世界上到底有没有这种超能力，反正我是没有的。

可是我可以用平凡的努力，去给别人带来温暖，让别人有走下去的信念和目标。

这是我可以做到的。

天上的星星一闪一亮的，就像是孔明灯放得很远之后的样子。

我记得有一年，我们家买了一个很大的孔明灯。

我们一家四口夜里去放孔明灯，很快就放起来了。

那时是在广州，在一片刚建好的楼房旁边，那里特别空旷。

从我这里看过去，珍珠家的大门上有月亮的反光。虽然月亮并没有直接照上去，但是因为到处都是月光，所以那门上就出现了反光。

月光里，公鸡的叫声从不同地方传过来，高一声，低一声，像是音乐喷泉。我们家旁边有一根电线杆，它上面有四根电线，好像是一把吉他或者尤克里里的弦。而再往前看，琴弦延伸到下一根电线杆那里，因为有点儿松，像是支在空中，所以就变成了古筝。

有一天，小 H 的妈妈给我们弹古筝。

她还在调音呢，我爸爸就在一旁开心地说："好听，好听！"

每当在月光里，我总有一种充满希望的感觉，觉得自己内心平静，很通透，很彻底，很智慧，冰雪聪明。

2021 年 2 月 4 日

胡思乱想

1

我找到了一个新朋友。

她说话十分杂乱。

第一天，她跑来告诉我："姐妹，我的巴西龟冬眠了！"

第二天告诉我："姐妹，我又买了一只小豚鼠！"

第三天告诉我："姐妹，我发现小兔子很可爱！"

第四天又对我说："姐妹，你说画画怎么样才能画得好呢？"

我本来以为她是一个 10 岁左右的小姑娘，没想到她竟然 17 岁。

我印象当中的 17 岁，是像我姐姐那样的，独立思考，比较有个性和脾气。看来我的感觉被姐姐带偏了很多！

这个新朋友画画也挺难看的。

但是她很可爱。

我的另一个好朋友遇到了一件特别让人烦心的事，我说给这个新朋友听，她就帮忙分析，出了很多好主意。

2

我不知道只有我一个人这样，还是所有人都会这样。

晚上躺在床上，熄了灯，房间里一片漆黑，沙发上有一团衣服什么的，我看着它，觉得越来越像一个人影儿。

而且那个人影很像拿着一把刀，要来杀我。

我就想，如果我现在被他杀掉了会怎么样？我会尖叫吗？

我躺在床上，有时候一两个小时睡不着，会想很多事情，第二天很多都会忘记，但是有一些我会记下，比如有一个很强烈的念头会经常冒出来：我会不会立刻死了？如果现在天花板塌下来，那会怎么样？如果死掉，我会不会感到很痛？

有时坐在车上，车突然有点儿颠，我会想，刚才那个坎我幸亏没有死掉。或者坐摩托车，比如有一次，和陈千金一块儿坐她爷爷的车去民安，车开得非常快，两分钟之后我会想刚才两分钟之前，如果我死了会怎么样。

越想越会觉得，活在世界上风险真大。

我活着，多么幸运！

如果就这么死了，自己肯定也会很伤心，很不甘心，因为你会觉得有很多事情还没有做，所以第二天起床后就赶紧去做那些事情。

我觉得活着的时候，就要励志地去活，既然活着就要特别珍惜，想经历的事都去经历。

所以三毛说："我的一世，抵得上你的十世！"

就像养小狗狗一样。

你明明知道它最后一定会死，而且知道它会在你之前死，狗的寿命比人短多了，但是你还是要好好地去养它。如果它乱吃东西，你会教训它，叫它不要乱吃，希望它活得更好一些、更健康一些，在短暂的生命中，不要受病痛的折磨。

大人养小孩，那道理是不是也是一样的？

对我来说，只有活得足够了，才不会怕死。

3

我有时还会想，如果突然之间，除了我以外，世界上所有的人全都消失了，网络也没有了，电也没有了，所有动物也不见了，太阳还挂在天上，月亮也挂在天上，就剩下我一个人了，我会怎么办呢？

可能我会先跑到超市里面去住，如果是大超市的话，里面的东西可以够我吃好几年。

我还可以考虑种些庄稼。

我还会想，在世界的某个角落里，会不会有另外一个人？

这个人也是一个幸存者，但是我们一开始并没有知道彼此的存在。

我可能会走到海边去，放一个漂流瓶，这个漂流瓶本来是为了漂给以前的自己，告诉自己："你应该好好珍惜现在的生活！"

但是，这个漂流瓶反而被另一个幸存者捡到了。

于是他就做了一只小船，像少年派那样，漂洋过海来找我。

4

万一有一天，我发现在这个世界上遇见的所有人都是假的，都是不存在的，包括我父母，其实我从来就没有父母，只有我自己一个人是真实存在的，那会是什么样子呢？

那些癫狂的人所说的话，反而才是真实的，才是世界的真相，他们之所以胡言乱语，是因为他们都是醒来的人——除了这个世界，还有另一个世界存在，在那个世界里，只要思想达到了一种很高的程度，就会醒来，一旦醒来就来到了这个世界。疯疯的人想说的东西太多，人们反而说他是疯了。

5

如果我爸妈不再生小孩的话，我就是家里最年轻的一个。如果从坏的方面、从失去的角度去想，按照大自然的规律，的确可能有一天就剩下我了，但是我又想，我以后也会生孩子。

孩子又会生孩子。我觉得我的孩子会很好，而且我会有两个孩子，我对我的孩子很有信心。

6

让我想一想什么叫幸福。

现在，天还没有亮，天气有点儿凉，但是刚好不热。这是不是幸福？

我在楼顶，有月亮和星星，但是并没有下雨。这是不是幸福？

前几天蚊子很多，咬得我的脚很痒，可是现在好了。这是不是幸福？

我奶奶养育过 6 个孩子，经历过许多不幸福的事，所以她特别敏感。这是不是幸福？

天一点点变亮，好像有个鸡毛掸子，把那些夜色的黑灰慢慢给掸去了，也好像把我的坏心情都给带走了。这是不是幸福？

对我来说，我遇到的最厉害的人是我自己，不是因为我会写作，不是因为自傲，不是因为我是姜二嫚。

而是因为我是我，因为我最了解我。

我不追星，我追我自己。

我把自己看成是两个人，一个是我，另外一个还是我，这个我追另一个我。

我越追我自己，我就越好；我越好，我就越追我自己。

我是健康的，除了小时候老是腿疼。

我养过的宠物，我看过的星星，比许多人都要多。

7

在地球几十亿年里，所有人都只能是在中途一段儿相遇，彼此打个照面，一瞬间而已。

最后还是自己陪伴自己，然后灵魂和肉体剥离，归于寂静。

没有一个人可以永生，但文字可以，精神可以，给别人的温暖也可以，这些会一直传递下去。

2021 年 2 月 4 日

重回东海岛

我们在超市买了一大堆东西，有吃的、喝的，大包小包的。然后打车回东海岛。

我和姐姐路上很亢奋，一直在讲话。还说要给爸爸过生日，我要亲手做蛋糕，加草莓。

说着说着突然看到了田里的一头牛，一下就忘掉在讲什么了。发现已经过了跨海大桥。

在离开东海岛的这大半年里，我看的牛，都是照片里的、书上的，或者直接就是牛肉。好久没有看到真正的牛了。

于是开始专心地看车外。

一会儿又看到一匹马，在远处吃草。

一会儿又看到了一大群黑山羊，在绿草地上密密麻麻的，像一些黑色的小虫子，也像撒了一些黑芝麻。

有的小山羊特别小，可能是刚出生不久，跟在大山羊身后。

我想养一只这样的山羊！

我的梦想在迅速地扩大！

在城里时，我还没有什么底气，只想回到乡下要养一只兔子。离开城里之后看到了田野，看到了村庄，逐渐恢复了勇气，我就想再养一只鸡。

现在我又想增加一只羊了。

我想起赛珍珠《大地》三部曲里的王龙，有了土地说话就硬气，没有土地的时候就软趴趴的。

真的很神奇！

可能对有些人来讲，土地是土地，但对有些人来讲，土地就是信仰！

回到家以后，开始从车上往下搬东西。

院子里有一层厚厚的落叶。

可是我在那儿磨磨蹭蹭，因为我想走在后面，我真的不想看到那些陈年的蟑螂干。

我对蟑螂的恐惧远超于死亡。

还有蜘蛛。蟑螂和毛茸茸的蜘蛛，实在是太恐怖了。

它们没有人那样的光滑皮肤，不过如果真有那种皮肤，像壁虎一样，会更可怕！

对这类动物，我向来是"不敬，而远之"。

我们坐过好几次这个司机的车。

他有一个特点，鼻子和脸特别扁，而且鼻子和额头凸出来，下巴那里凹进去。

我们坐他的车，是因为他的车可以带狗狗——瓜子。

第一次坐这辆车，是从湛江去广州，当时瓜子还很小，连楼梯都不敢上下。我们把它搁在副驾驶座位下，给它戴个嘴套，特别尿。

现在瓜子长大了，已经成了个上天入地、无所不能的家伙，特别有底气，不能在副驾驶座位下坐了，只能在后排的座位下蹲着，两条前腿搭到上面来。

一下车，我发现它蹲过的地方落了一片毛。我一直想收集它的毛，织一条毛毯，冬天可以给它披着。

妈妈先搞厨房的卫生，让我和姐姐拿被子到楼上去晒。

有一张床垫，上面沾了一些床板的木刺。

我和姐姐把它放在晾衣杆上，拿一个衣架去抽打。

我对姐姐说："我们好有古风啊，像不像古代的小丫鬟在晒被子、掸灰？"

但那上面的刺儿太难弄了。

姐姐抽打了一会儿，说："这个挺好玩，你继续干！"她把衣架交给我，溜掉了。

我像一个失业的人，临时打起了架子鼓，情绪失落、暴躁，打得像发泄似的。

很快我也不干了，坐下来。

姐姐找来了一支粉笔，在水泥墙上画画。

我在她画的狐狸头下面，加了身子，画上一件衣服。

爸爸在楼顶清洗地板，喊我们看夕阳。

太阳确实开始变红了，最起码看时不会打喷嚏了。

在楼顶，姐姐发现了一只小螳螂。特别小的一只螳螂，只有我的小指甲盖这么长。也有点儿像下雨天出现的飞蚁那么大，是透明的。

我飞奔下楼，拿了一个装贴纸的小盒子。

小螳螂在姐姐的手上走来走去。

我发现所有大虫子都会怕人，但这种新生的小昆虫根本没有怕人的概念。

刚生的小鸡崽和小狗也是一样。

这时姐姐给它拍了一张照片：在房子上面，有一道黑色的螳螂剪影，后面就是灿烂的夕阳——特别像《乱世佳人》里面，流离失所的斯嘉丽从战火中回到了自己的土地上，风尘仆仆，背后是一抹夕阳。

我把小盒子放在旁边，小螳螂自己走了进去。我把小盒子关上了，关得特别轻，怕夹着它的脚。

这只螳螂特别小，简直像一片小小的纸屑一样，全身透明，但是一点儿也不单薄，绝对不像传统的描写那样——"我不敢呼吸，怕把它吹走了……"相反，它每走一步，脚都像是牢牢地粘在地上，非常牢固。它的前肢像两把大镰刀，更显得强大。

它的"镰刀"上面带着刺，准确说不像镰刀，镰刀都是光滑的刀刃，而它的更像是带齿的耙子。

一开始，姐姐说："你不要捉它，你又不知道它吃什么！"

我想，这不应该算是"捉"吧？我把盒子打开，它很自愿地进去的，所以顶多算是收留。

我去网上搜小螳螂喜欢吃什么。

网上说它吃小昆虫，吃蚊子。

然后我就拿着一个小瓶子、一张纸，去扣墙上的蚊子。

我先是用瓶子扣，扣着之后用一张纸贴着墙插进去。

妈妈在喊我晾衣服，我说："你不要打扰我，我在工作，逮蚊子呢！"

我从小就喜欢拿瓶子捉蚊子，已经好几年没有捉了，好像重回童年。我捉到一只蚊子，怕螳螂打不过它，就把蚊子拍死送给螳螂，但是螳螂好像不感兴趣。我想，也许它是嫌弃这只蚊子是死的吧。

我又捉了第二只，放在瓶子里使劲晃，把它晃晕，再交给螳螂。螳螂还是不感兴趣。

后来我又抓了第三只，趁着它还活着就放进去了，发现螳螂依然不感兴趣。

螳螂把头歪过来，专心地把自己长长的触须捋下来，放在嘴里咬，就像一个很小的小孩，有时会把头发咬在嘴里那样。

我真的不明白螳螂。

我感觉自己长得太大，我的手劲儿太大，一不小心会把它碰伤、碰坏，心里很抱歉、很愧疚。

最后，我把它放到院子里的龙眼树上去了。

想到一天前，我们还在城里，逛街，在洁白的房间里吃宵夜……今天的一切都很梦幻，很迷离，很空灵，一天可以经历很多事情，这是在乡下才会有的！

吃晚饭时，妈妈说："好久没这样围在一起吃饭了。"

过了一会儿，妈妈又说："怎么这么安静？怎么这么安静？"

天快黑了，我们上楼顶收被子。

我说："过两天我们要去一趟民安镇！"

妈妈说："为什么要过两天呢？现在就可以去呀！"

几分钟之后，一道离奇的风景出现在盐村了——我们一家四口，挤在一辆双人的三轮电动车上，出发了。

2021 年 2 月 10 日

一头小水牛

不知它是从哪里窜出来的，开始我真以为是条黑狗，因为它的速度完全是一条狂奔的狗的速度，个头也是一条大狗的个头。

但是它的屁股比较支棱，长得像长方形，腰很粗，又不太像一条狗。原来是一头黑的小水牛！可是它的速度实在太快了，绝对不亚于一条狗！

我们要去三角路接姐姐，爸爸先到垃圾场那儿丢垃圾。垃圾场在村外左前方，我和妈妈站在路口等爸爸。就在这时候，小水牛突然横着从我们前面狂奔过去。

作为一头牛，它还非常小，好像一个四肢着地的小孩儿。它奔跑起来的样子实在是很别扭，每一次蹄子刚着地，屁股就弹起来了，所以一跳一跳的，不像豹子跑起来那样流畅。好像它身子的前半部分跟后半部分是在单独奔跑，各跑各的。也像是"两轮驱动"，不是"四轮驱动"。前腿特别积极，使劲扒，负责驱动，拖着后腿，后腿不会驱动，显得很被动，只负责往上跳。可是它的速度像一颗射出去的导弹，又像是从楼上迅速坠下的速度，只不过是横着坠。

我和妈妈大笑。爸爸在丢垃圾的地方也看傻了。刚下过雨，有

点儿泥泞，他的车陷在了泥里。

那头小牛冲到一片桉树林前面，突然来个急刹车。那里站着一头不太显眼的大水牛，小水牛一头拱进它肚子下面，开始吃奶。

爸爸反应过来之后，开始从泥里往外拔三轮车。我跟妈妈离那里有二三十米，听见一个也来倒垃圾的老奶奶在和爸爸搭话，听得很清楚。乡村天地空旷，没有任何阻碍，而且这里的人说话嗓门又大，声音传得特别远。爸爸努力往外拔车，结果一屁股坐在了地上，屁股上立刻就花花绿绿的了。老奶奶忍住笑说："小心点儿！小心点儿！"

路上，我们还在笑那头小牛。妈妈说，难怪有一天她遇见西坡仔村一个老太太，老太太拦住她问："你有没有看到一头牛，一头跳跳的牛？"

2021 年 2 月 12 日

烧烤之夜

我走到楼顶看看太阳还要多久会落下去的时候，眼看着珍珠家那边升起了很大的烟雾。很像是我小时候看的《荒野求生》，说如果你被困在一个无人岛上，想向路过的直升机或者船只呼救，就要想办法烧出浓烟。也像是印第安人正在举行一种很神圣的仪式。

下午，珍珠约我晚上一起吃烧烤。她在微信里告诉我，8 点过来。我说我 8 点 30 分过去吧，等人到齐了一起吃。珍珠和我同岁，比我大两个月。

几个小孩咳嗽着，干呕着，从滚滚浓烟里走出来，迎接我。

我穿过浓烟往里面走，看见珍珠拧着眉头，一只手捂着嘴，一只手拿一根铁钩子，艰难地拨动着干草。然后放下铁钩，拿一块纸板使劲扇风。烤炉里冒出更多的浓烟。见我来了，珍珠说："不行啊，点不着啊，点了一个多小时了。"

他们的咳嗽和干呕来源于浓烟。

浓烟来源于那些干草。那些干草是一些晒干了的野草，点燃之后基本上没有火焰，全是烟，像焚烧垃圾一样。

干草来源于小胖子的鬼点子。是小胖子提出上干草的。

为什么他们会听小胖子的？因为刚开始，珍珠在木炭下面烧了两大卷抽纸，也没把木炭点燃。

珍珠可能没看见我的留言，6点就往家赶。6点30分到家就叫堂妹。7点开始点火。

我发现他们的木炭不行，就回家取我们的木炭。

或许怕我路上害怕，珍珠叫她最小的那个堂妹跟我一起去。

小女孩七八岁。走到我们家和珍珠家之间的路口，她停住了。我说："你回去吧！"她说："没事儿，我在这儿等你。"

我搬着木炭回来时到处找她，怎么不见了。我走进珍珠家，小女孩大声说："姐姐，不好意思，本来要等你的，可是一个人站那儿，有点儿黑，我害怕，就回来了。"

烟熏火燎。

最小的堂妹隔一会儿就跑去洗一次脸。他们家用个大盆蓄水。要用水就拿一只碗，从盆里往外舀。小堂妹蹲在大盆旁边舀水、搓脸，像是很久以前在溪流边汲水的活泼的小野人。她洗完脸擦干净就跑过来了。

小堂妹很有礼貌，每次跑去洗脸之前，都要挨个儿问："你洗不洗脸？你洗不洗脸？"

也可能是因为洗脸的位置离餐桌有好几米远，那边没开灯，她一个人过去有点儿怕吧。

有一次，小堂妹过去洗脸时，把装着可乐的一次性杯子搁在地上，不小心踩翻了，扣在了地上。她姐姐把杯子掀起来，直接给她倒满。

他们的烤法让我惊讶，要不就是烤得很生，里面还带着冰碴子，或者一边还有点儿生，另一边已经黑了。他们还总是让我先吃。他们说："你是客！"我说："要不我打包给我姐姐吃吧。"就放一边。到后来，聊着聊着，大家都忘了炉子上还有烤肉，烤肉都变成黑的了。

一开始是白的脸吃黑的肉。

经过了两个小时之后，是黑的脸吃黑的肉。

说起牛来了。

我记得去年10月份，珍珠过生日，说她家的牛怀孕了，快生了。

我问还有多久生，她说可能一个星期。

这一次，过了都快三四个月了，珍珠又说，她家的牛快生了。我说："啊，什么时候生？"

珍珠说："再过个把月吧。"

我没有搞懂怎么回事，心想，难道怀的是哪吒吗？

又想，是不是因为我摸它——我确实摸过它——动了胎气，出现了什么状况。我没有好意思往下问。

珍珠说："还要带去三角路生，那里有专门接生的人。"

我说:"那如果在半路上生了怎么办呀?"珍珠说:"提前一天去嘛。"

珍珠的堂妹说:"哦,你们家的牛还要去三角路生啊,我们家的牛在自己家里生就行了。"

我说:"你们家也有牛啊?"

她说:"是。"

我说:"你们家的牛长什么样子?"

她说:"死了。"

旁边那个女孩没听清楚,说:"你说什么?"

她说:"死了嘛,就是死掉了,没有了。"

珍珠问我下雪的事情。

她说她当时看到我在朋友圈发的衡山下雪的图,马上想给我发微信,叫我挖一罐雪,寄给她,顺丰到付。她说:"不过路上会化掉。"她又说:"如果化了,放冰箱里再冻起来,就又是雪了。"

她强调"顺丰到付"。

我对面的小胖子对珍珠说了一句雷州话。

我寻思着应该是"把盐递给我",就顺手递给了他。小胖子惊叫道:"哎!她都能听懂雷州话了!"

珍珠他们对周边村各种情报的掌控很厉害。

他们说,西坡仔村那个小卖部倒闭了。

我说现在生意不好做,要买东西只能到网上买。

他们说，不对！内村哪哪哪，西坡仔村哪哪哪，还有调逻村哪哪哪，都还有小卖部。还有，哪哪哪榨花生油的地方怎么怎么样。

他们的信息更新也很快，比如说内村的戏台，新建了二层，二层有几个房间，花了多少钱，是哪个老板捐的钱。再比如，靠海边新开了个民宿。

我说："新开的民宿都有哪些人来住？"我的意思是，是外地人还是本地人……

他们好像没弄清楚我的意思，说："谁给钱谁就可以住。"

我说："那大概都是什么人？"

他们说："就是给钱的人。"

珍珠感叹，对我说："你又长高了。"

我发现他们夸人时，都会夸到一些细节，比如"哦，你的手腕好细啊""哦，你的发质好好"，或者"你的眼睫毛、你的眉毛好好看"。

我发现如果有人夸你，说你长得很好看，这很笼统，你会觉得没有什么。但如果他夸到了细节，你就会很在意。

我还发现，当一个人夸赞你哪方面好看的时候，一般都是他对自己这个方面感到不满。而且他的不满，已经由来已久。他突然看到，他所向往的一样东西原来长到你那里去了。

他们吃东西的时候，总是先问一下："这个你们不吃吧？"得到肯定的答复之后，才拿起来吃。

他们几个刚被他们的妈妈接走，珍珠第一句话就是："你有没有觉得他们很吵闹？"

我和珍珠开始讲鬼故事。

我先给珍珠讲了一个。我自认为挺恐怖的。珍珠说："哦，然后呢？"我说："没有然后了。"她觉得不恐怖。

她说："我给你讲一个事情。"我说："你要给我讲什么事？比我这个还恐怖吗？"她说："对！"

她说："我们总是会讲一些事实的东西。"我说："什么东西？"她说："它们也不是事实，但是，是我们、是人'事实地'想出来的东西。"

她说，有一次她跟同学路过一道门的时候，那道门被风吹了一下，门就开始晃动，然后她就想，可能那边有一个人，他在跟鬼说话。

她说："是不是很恐怖？"

我说："我知道了，你喜欢听真实的恐怖故事。"

我突然想起，以前看过一个很可怕的新闻，就给她讲了一下。我觉得这个新闻已经很令人震惊了，没想到珍珠说："也不算恐怖。"

珍珠说："你知道吗，有一个人，他去医院动个小手术，医生转身出去再回来时，地上有一具尸体。你说怎么回事？"

我说："可能中途有人进来过吧。"我发现和珍珠说话一定要顺着她的思路去想。

珍珠说："不可能的，门口有保安。"

我说："有可能这个人是自杀的。"

珍珠说："不可能。"

我说："有可能是护士干的。"

珍珠说："不可能。"

…………

我说："我猜不出来。你从哪里看到的这个故事？"

珍珠说："手机上看的。"

我说："有答案吗？"

她说："没充会员费，看不到。"

珍珠说："你发现没有，有个事情很古怪。"

我说："什么事情？"

她说："电视剧总是在看到最精彩的地方时结束了，要等下一集。"

我说："是啊，就是'未完待续'那样。"

她说："你不觉得很奇怪吗？"

珍珠认为，这种结构无法理解。

有些社会热点，我和珍珠谈起来，有点儿隔空对话、跨过几个朝代的感觉。

可是珍珠又让我觉得很新奇，很好玩。

我说："今天晚上星星很多。"

她立马就说："明天天会热。"

我说："你怎么知道的？"

她说："我爷爷知道。"

我说："你爷爷怎么知道的？"

她说："不知道。"

我说："有一种可能，你爷爷是听以前那些老人讲过来的。"

她说："对。"

我说："因为以前没有天气预报。"

她说："可能没有哦。"

珍珠干活儿特别熟练，比如擦桌子，擦擦这儿，擦擦那儿，"唰——"就擦好了，动作很麻利。

珍珠说："我在你朋友圈看了你画的画，你现在还画不画了？"

我说："画。"

珍珠说："每次你一发出来，我就拿给我爷爷看，我爷爷说，我还不及你的一半。"

我说："可不能这么说，每个人的发展方向不同。"

珍珠接话说："对啊，就像你爸爸老家那里有很多草原，草原上可以养羊，我们这边没有草原，只有草，就养牛、养鸡。"

停了一下，珍珠又说："不过我们这里也有羊。"

正说着牛啊羊啊的话题，就被打断了，没有再往下说，原因是有个鸡翅突然着火了。准确说，不是鸡翅着火了，是串鸡翅的那根木棍整个烤着了。鸡变成了浴火的"凤凰"。

珍珠问我："那种'低碳狗'好养吗？"

我听了好几遍才弄明白，原来她说的是"泰迪狗"。

我说："不要买太小的，就会好养。"

珍珠对宠物狗和土狗的定义是"可以穿衣服的狗"和"不穿衣服的狗"。

我还和珍珠聊到了我去过的新疆。

我聊新疆的馕，还聊到北方的面食。

我说："北方的馒头好大一个。"

珍珠说："我还没吃过北方的食物。"

珍珠说："你爸爸喜欢吃什么？要不要把这些烧烤打包给你爸爸吃？"

我说："我爸爸就喜欢吃面条什么的。"

珍珠说："啊，你爸爸每天只吃面条啊？"

我说："也不是。"

珍珠问："你外公现在怎么样？"

我说："挺好的。"

她说："是在东海岛这边吗？"

我说："不是啊，在霞山，怕疫情一直没回来。"

她说："嗯，那我有空去看看他。"

聊到出门旅行，珍珠说她去她外婆家，要坐 5 个小时的公交车。好像是吴川吧，哦，应该是遂溪。

她说："我一路从霞山吐到遂溪。"

珍珠说："你平时在家都干吗呀？我觉得你应该挺无聊的。"

我说："不会啊，看书啊，画画啊，看手机。"

她说："你也用手机啊。"

我说："是啊。"

她说："那你用手机你妈妈不骂你吗？"

我说："不会。"

她说："哦，你还会上楼去看星星。"

好像珍珠对我有个误会。她有次在她家楼顶上，看到我在我们家楼顶上，她就以为我每天都站在楼顶上。

我今天临走时，她还问我："今天回去你还要看星星吗？"

我说应该吧。珍珠理解的我，也许就是每天都夜不能寐，爬到楼顶去看星星。好像我整天都是"狗看星星亮晶晶"一样。

珍珠说："你爸爸挺沉默的，没有事情就不讲话。"

我说："没有事情为什么要讲话？"

珍珠说："我爷爷说你家的狗很聪明，我也不知道他从哪里知道的。"

她又说："你家的狗现在在哪里？"

我说："就在对面那个房间。"

她说："它为什么不叫啊？"

我笑道："它不需要叫时就不叫嘛。"

她说："哦。"

珍珠说："你去参加那些电视节目，下面那些人给不给你钱呀？"

我说："过几天我想去赶集，看能不能买只白鹅，买只公的，和我们家这只母的配对儿。"

她说："噢，是母鹅呀！我家没有鹅，只有鸭。"

我说："哦。"

她说："是公的，也是白的。"

看样子，她有点儿提亲的意思。

珍珠说，她以后想做个护士。但是又觉得不是很好做，就不想做了。

我说我奶奶今年 100 岁了。

珍珠说："啊，你奶奶都 100 岁了！怎么看不出来啊！看见她时觉得她还很年轻啊！"

我说："你说的那是我外婆。"

珍珠好像有时会把奶奶和外婆搞混。

珍珠告诉我，为什么我们会认识，会玩在一起，因为我外公上学的时候，她爷爷或者奶奶，曾经帮助过他。

我跟珍珠是有血缘关系的。我来到这里，感觉一下子就被圈进家族里了，不像在深圳、广州，每个人都形单影只的样子，邻居也不认识。

11 点 30 分了，我准备走了。珍珠突然说，她奶奶一般都要吃点儿药。奶奶已经睡了。奶奶也忘了吃药了。

她说："我现在就去把白粥热一下，让奶奶吃点儿粥，把药吃了。"

珍珠说："要不要和我爷爷打声招呼？"她爷爷很喜欢我来，很喜欢让她和我玩。

我说："行啊，那我打个招呼就走。"

可是我看见爷爷房间门关上了，门缝都黑了。我说："算了，可能爷爷睡了。"

珍珠没有管我，走过去推开门，啪的一下打开灯。爷爷就"嗯！"一声，把头从被窝里探出来。

我说："爷爷，你好。"他说："你好。"又说了好多我听不懂的话。

好像彼此打扰和被打扰，都是一件很正常的事。这也像我在用手机看信息的时候，旁边有个小女孩很自然地伸过头来，跟着一起看。

一般情况下，如果你手机里有什么图片，想给别人看看，别人看完了就完了。但是在这里，他们会左右划的。有一次，有个小孩和我要手机看看时间，等我接回手机时，发现内存满了，桌面多了几个游戏软件。

他们对手机的使用，就像对篮球的使用一样，谁抢到就是谁的。甚至有时，手机是谁的都不知道了。有次在戏楼那里玩，手机主人都回家了，还是我追着还给他的。

这顿烧烤算不上多么好吃，但是我觉得很有意思。和他们在一起，有一点儿错乱，有一点儿颠倒，有一种我小时候看的《爱丽丝梦游仙境》中的那种"疯帽子"般的美，比如"兔子比人还大"的那种感觉。

和几年前相比，珍珠的变化不是很大。回来的路上，我想。

2023 年 1 月 31 日

烟花

大年三十晚上，我们把各种零食都摆在楼顶的小桌子上，把凳子也摆好，还把烟花拿到楼上去。因为有点儿冷，妈妈还搬来一个烧炭的烤炉。

离 12 点还有半个小时的时候，我在楼顶上往四下看，发现远处只有七八处放烟花的。

丹雾村方向有个地方，从晚上 7 点钟就开始放烟花了。基本上没有停过，顶多有过一两分钟的停顿。他们好像看雷剧 * 那样，是集资的，在一个地方集中放。感觉那个村特别有钱。

我们买了鞭炮、烟花、仙女棒和 25 盒摔炮。小的仙女棒买了两把，5 块钱；大的仙女棒买了一把，也是 5 块钱。

我们在瓜子身边玩摔炮。有一个摔炮，落在树叶上，没有爆，又滚到了它跟前。瓜子上去就吃，结果在嘴里一咬，"噗"的一声炸开了，好像打了一个很响亮的饱嗝儿一样，只不过是在它的牙上打出来的。可是瓜子眉毛往上一抬，舌头在嘴里甩来甩去，跟没事儿一样。是不是之前我给它吃过跳跳糖，放到嘴里也会噼噼啪啪响，

它已经习惯了?

我们人类遇到什么东西,会先看一看。瓜子不是。它会闻一闻或者舔一下,或者直接就吃。好像鼻子和嘴才是它的眼睛。它用鼻子和嘴看东西,而它的眼睛反而没有多大用处。这家伙什么都想吃。我想,如果它吃个打火机下去,可能会嘴里吐火,或者是上厕所时拉出火来吧。

妈妈拿了两件大衣,说:"你们分别穿哪一件?"我要了一件黑色的,姐姐穿了一件黄的。我穿着大衣特别像《哈利·波特》里的巫师。

仙女棒是一种拿在手里放的小烟花,楼顶有风,很难点燃。我们先点着一根竹签,再用竹签去点仙女棒。这时我和姐姐特别团结,姐姐负责点,我负责用手护着。说话时声音也不能太大,否则呼气容易把火苗扑灭,所以我们都细声细气的,显得特别温柔,真是一对好姐妹!

但是一旦点燃之后,我们俩立刻分裂!一个人占据一个地方,朝着对方挥舞、进攻,我说这是"传递晦气",姐姐说这是"巫师之战"。

每当手里的仙女棒烧完了,需要点新的了,我们俩就又变得很团结。

大的仙女棒,我们在 12 点之前就放完了。剩下的那两把小的仙女棒我再没有玩,因为我爸爸这时也爱上了仙女棒,他把五六七八支同时放在炭火上点着,像拿着个大火把一样在空中挥舞。

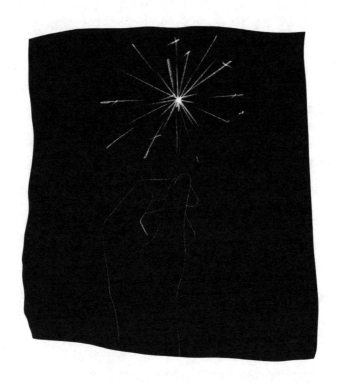

12 点钟之前，盐村是安静的，没有什么烟花，像个很羞怯的小女孩。可是 12 点一到，全村突然噼里啪啦到处都是烟花。小女孩瞬间长成一个疯狂、泼辣的女人。我往村子一扫，从地平线开始，所有邻居家都是白的了。家家户户的院子里好像都爆出了金光，仿佛观音菩萨突然降临，把她背后无比耀眼的佛光统统卸下来，赐给了家家户户。那些白光很亮，可是一点儿也不热。全村都是亮的，虽然大家并没有约好，都是分开来的，各干各的，但是火光和响声完全连在了一块儿，没有间断。火光照亮了村外的水田。

我在想，一年的艰辛和省吃俭用，就是为了这最后的一刻吗？而接下来，整整一年的新的艰辛和省吃俭用，又要开始了。这些都是必要的吗？

姐姐背对着我，在拼命拍照。她前方的烟花和火光，把她的剪影、头发都染白了，她的脸好像在发光。

因为烟花会变换不同的颜色，所以那些飘出来的烟雾，也被染成了不同的颜色，一会儿发绿，一会儿发红，一会儿发黄，五颜六色。姐姐的眼睛也在变换着不同的颜色。妈妈在那里尖叫。如果把这场景拍下来，都可以直接剪辑进战争影片里去了。

大约一小时之后，四周都安静了，好像什么都没有发生过，人们都回屋睡觉了。虫声重新包围上来。我们用炭炉烤点儿东西吃。

2021 年 2 月 12 日

大年初一晚上

我们刚从民安回来，就有人在大门口喊："姜二嫚！姜二嫚！"

是珍珠。

她给我们送了些她家包的粽子。

她说："你们昨天晚上怎么没放烟花呀？"

我说："我们放了呀！在楼顶放的。"

原来，我们家靠近珍珠家那边，有一根电线杆和电线，我们怕把电线给烧坏，所以没有在那边放，而是在靠近我们家院子这边放的。

最主要的还不是这个。

而是在那一刻，全村的烟花实在是太盛大了，我们的烟花完全被淹没在里面了。

2021 年 2 月 12 日

去了一趟廉江

我以为红茶和绿茶，是在两种树上长的呢，原来都是茶树的叶子，经过不同的加工，有的制成了绿茶，有的制成了红茶。

我以为冬天的茶园里，只有茶树、土地、落叶和杂草呢，原来还有很多小蜘蛛，每走一步，脚下都会惊出来好几只，我和姐姐只好绕开它们走。

这是我第一次来到茶园。

我以为金花茶树会比较矮，花朵是长在灌木丛里，没想到一棵一棵的茶树还都挺高的。

我以为金花茶喜欢阳光照射，没想到它喜欢长在树荫里，要靠更高的树来为它挡住阳光。

我以为那些鸡会吃金花茶，后来发现它们并没有吃。虽然我没有看见它们到底吃不吃，但是我看见它们被养在茶园里，说明它们还是很让人放心的。

我以为茶叶是一年采摘一次或者两次呢，原来一季就要采三次，一年采三季，只有冬季不采，所以一年可以采九次。

我以为茶庄的大院里那两只已经13岁的大白鹅，只有碰它们的蛋时才会凶呢，原来你只要从很远的地方朝它们所在的亭子走去，它们就开始很凶很凶，脸红脖子粗地吼叫，声音特别大，而它们自己却自愿地待在那个没有围栏的亭子里。这是它们的领地，不许你来，它们也不愿意离开。

在橙园里，我找到了一棵果实非常多的树，主人说过了"可以摘"，刚想摘几个下来，结果听见姨妈在喊："快过来拍照！快！"刚拍完，就发现我们已经脱离了大部队，得赶快去追他们。

当我喝着一小碗用很名贵的金花茶煲出来的鸡汤时，还以为里面的那朵金花不能吃呢，主人说可以吃，最精华、最补的就是这朵金黄色的小花。但是我咬了一口之后，却发现超级苦，还很涩！就赶紧悄悄告诉身边的姐姐说："这个巨苦巨涩，你千万不要吃！"

世上不是越贵的食物越好吃。刚进这家茶园时，在接待大厅里，主人给我们端上泡好的金花茶和烤地瓜，感觉还是烤地瓜更好吃！

就像我选择人生、选择未来的时候，不见得最赚钱的事我就去选择它，我会首选自己最喜欢的，当然又喜欢又赚钱肯定更好了。我也相信我喜欢的事情里面能赚钱的就已经很多了，足够我选择的。

现实当中，不了解文学的人是很容易看出来的。一见到你——"大作家！"一见到写诗的——"大作家！"一见到写散文的——"大作家！"一见到写小说的——"大作家！"基本上都是这样。

我真的不喜欢应酬，不喜欢客套和互相恭维，不喜欢一遍遍站起来敬酒。一顿饭不能好好吃，每次剩一大桌菜，浪费食物，也浪费时间。到最后，发现并没有谈什么正经事儿。我觉得，大人的很多饭局，很多拐弯抹角的过程，到最后可能并没有什么，都是不必要的。做一个西红柿炒蛋，炒几个小菜，就可以吃得很好，该说什么说什么。

每次坐在这种饭桌前，我心里都会觉得很无聊，后悔不该出来，要是留在家里画画就好了。

我经常想：这些人是好人还是坏人呢？说是好人吧，好像又没有做什么正经事情；说是坏人吧，肯定不可以这么说。

我还想到有些人每天都差不多一样，区别只是跟不同的人去吃喝。几年下来，开始痛风，海鲜再见！开始三高，天天吃药！

我不记得从三毛的哪本书上看的了——

荷西去世之后，她回到台北当老师，面对各种应酬，很多人请她吃饭，整天电话不断。她说，既然大家都这么爱生活，那就不要再约她了，让她好好做点儿事。有一次，有人打电话约三毛，三毛在电话里说："三毛死了！"然后就挂了电话。三毛的妈妈担心会得罪人，不许三毛发表那篇稿子。但是三毛很倔！我想，三毛应该会喜欢这句话："朝闻道，夕死可矣。"

不过我跟三毛还是不一样，我希望我自己知道了"道"之后，不要立刻就死了，我还想去告诉其他人，让别人节省点儿时间，这样我才会感到满足。

我想，如果我以后需要应酬的话，我也不会去喝那么多酒。对我来说，酒并没有什么魅力，比不上可乐。

来的路上，经过一个不记得名字的小镇，街上有卖特产橙子的，还有各种小吃。春节刚过，车辆和行人很多，加上乱摆摊，街道非常拥挤。有的路段走走停停。有个留着长头发的司机停下车，从车窗探出身子，和后面的司机吵架。我挺想在这样的地方好好玩玩。我喜欢世俗的、生活化的、市井的、民间的东西，虽然有点儿杂乱，但是很丰富。我不喜欢太正式的东西，感觉那都是安排好了的。

今天的第一站是三富村。在大树底下吃了橙子、喝完茶之后，我们在村里参观，女主人问我："这个村是不是很漂亮？"我说："建设得很好，规划得很好。"

我的实际意思是：太"建设"、太"规划"了，像一个公园，整整齐齐，找不出任何漏洞，因此没有惊喜。

不过村里的图书室挺好，有几个小孩在那里看书。他们告诉我，不可以借，只能来这里看。我和姐姐给图书室捐了两本我们写的诗集。

村子好玩，橙园好玩，茶园好玩，但是一个个景点的行程都安排得太紧凑了，一路都在赶，我很希望在每一处泡下来，不喜欢旅游团的感觉，浮光掠影。

我们去的路上，停车等红绿灯时，看到一个老人胸前挂着个牌子，上面有付款二维码，写着"讨钱供孩子念书"的字样。他拿着一个鸡毛掸子，帮司机掸车窗上的灰。如果这个老爷爷说的是真的，我想他的孩子学习一定会很努力。

返回时，路过一个收费站，有个阿姨在拿扫帚清扫公路。她带着两个孩子，后背上绑着一个小的，跟前还蹲着一个看起来四五岁的，正在往麻袋里装垃圾。

这两个镜头我很难忘记。

2021 年 2 月 16 日

散步

往霞湖公园走的时候，风很大，迎面的风把我的衣服吹起来。

我的头发也被吹得很高，在后面飞。

我伸开手，风又把我腋下的衣服鼓起来了。

我成了一个非常庞大的生物。

不自觉地挺胸，踮着脚，像一头熊一样，很雄伟。

一只巨大的熊，走在冰天雪地里，兜着风。

深夜，已经快两点了，不想睡。

我拉着爸爸陪我出来走走。

"你跟我到底像是什么样的关系？我们彼此是什么角色？"我问爸爸。

在外人看来，我们是标准的父女关系。

可是在现实中，我们有时候又像是父与子。

我感觉自己有时也像一个男孩儿。

是不是身边的人是什么性别，我就会也跟着像什么性别的人了呢？

有时我们也像是两个朋友，或者闺密，或者同学。

有时还像是爷孙俩。

有一次在深圳上梅林看电影，当时我还矮矮的，在卖票的柜台前面，我把两只手使劲举高，刚好可以够到柜台上面的边角。卖票的姐姐探出头来。

可能在她眼里，一双小手瞬间放大成一个蘑菇头吧!

她说："啊，这儿有个小妹妹呀，你跟你爷爷来看电影吗？"

这好比是影子，如果只有一盏灯，就只有一个影子，如果从不同的角度点了好多盏灯，就会出现不同的影子。

不同人的就像不同的灯。

我们走上拱桥，倚着栏杆看月亮。旁边的树都退下去了。

头顶是大大的月亮，四面八方都是大块的白云。

这些云不是一丝一缕的，而是一大块一大块的，很豪迈，它们都在走，从我们前面慢慢地到我们后面去。

好像有个人拉着一些厚厚的羊毛毯，要盖到我们身上来。

而月亮的样子，像是冬天，我穿着很厚的羽绒服，把自己严严实实包起来，只露着眼睛在外面。

其实我觉得月亮并不是很好看。

它的花纹是一直不变的，每天都是那样，每年都是那样。

就像一个白花花的大饼，把外面烤得焦黄的、香香的那层揭掉之后，只剩下里面白白的样子。

一点儿菜都没有。

干巴巴的，苍白无力，很乏味。

而且你把头转来转去看它，它的轮廓都不会变，只是一味地圆，一味地白。

或许特别悠闲的时候，你从心里认为它好，它才好。

但是如果你很忙，想到还有很多事情要做，你看一下月亮，看见它在那儿死死地盯着你，你会觉得有点儿碍事，有点儿烦。

看月亮要自备心情。

还是灵动的东西更吸引我。

比如小狗小猫，它们会不断变换着自己的样子。

有时我们家的瓜子趴在床底下睡觉，我会趴在床上把头探下去，倒着看它。

它醒了，会吐着舌头、哈着气看我，高兴了还会爬过来，拿大舌头在我脸上来一下。

路过洪屋街。

在白天，它是一条卖家具的街。

每次路过这里的时候，总觉得有一种不好闻的味道，很浓烈，刺鼻子。

再说，我本来就不喜欢木头家具，它们总是被打磨得太光滑，特别是木头沙发——它对你的坐姿是有严格要求的，它时刻规定着你的动作，它又冷又硬，硌人、无趣，没有一点儿弹性和人情味。

像是从一棵有血有肉的大树里面，硬是把它的骨头给剔了出来。

在这样的木头沙发上坐着、躺着，是不是有点儿诡异……

我喜欢一切布的、皮的沙发。

我喜欢窝在这种软软的沙发里看书。

这时候，我的脚蹬到哪里都非常吻合，我采取的任何姿势都是合适的。

现在，各家门店都已经把家具收起来了，关上了门，街上只有一种淡淡的树木的幽香。

闭一下眼睛，好像四周都是树林，最近的一棵树就靠在我后脑勺那里。

但是我睁开眼，左看看，右看看，往后看看，又什么都没有。

那些树都是隐形的，它们长在我的四周，我看不见它们，可是我闻得到它们。

每一棵大树都长满树枝树叶，里面有很多暖洋洋的家族，有螳螂，有知了，有蜘蛛，有蚂蚁，有各种各样的小虫子，甚至还有鸟窝。

如果你走进树林，你心里也会有一种很兴旺的感觉，你会发现许多左邻右舍。

但是你走路时，一定要特别小心，因为你一不小心就会踩到一个远房亲戚。

爸爸说，洪屋街是一条有一两百年历史的老街，从前是一条很繁华的商业街，它的尽头连着古老的渔人码头。

抬头看这些百年老屋，白色的石灰墙面早已发黑，有的房子上面那层已经塌了，剩下断壁残垣，或者一个门框竖在那里，但下面的一楼每天还在照常营业。

越过楼上的废墟，我看见很大的月亮挂在上面。

这些卖家具的老板里，会不会有人生意不好做，退掉了房子，把所有的东西都打包好了，在离开之前的最后一个晚上，爬到楼上的废墟，坐在那里看天上的月亮和星星？

我还想，很久以前，肯定会有些水手下船之后，牵着他们年轻的太太在这条街上闲逛。

而这条街上，肯定会有许多服装店、美发店、凉茶店、糖水店，还有各种小吃店，卖什么的都有。

那些太太肯定很时髦，她们很有可能会烫着大波浪，眉毛画得细细的，穿着极合身的旗袍。

他们所有人的穿戴肯定都非常精致、漂亮。

当我在想象很久以前的事情时，我不愿意去书上、电脑上查当时具体情况是怎样，我只愿意用我的想象去构思它们。

我想象出来的，既是小说，又是散文和诗歌，更有意思。

而我去查出来的，只是历史。

假如再过 100 年，有人路过现在我们正在走的地方，他们也会对我们充满想象吧？

他们可能也会想：100 年以前，有人走在这里，他们是去干吗的呢？他们脑子里在想什么呢？

当想到有人会在 100 年后想起我，说"有个小姑娘当时从这里走过"，我就觉得很开心！

而且我很想知道，这个人会怎么去想象我。

没准儿100年之后，路过这里的正是下辈子的我。

我依然是一个10岁左右的小姑娘，我走回来看一看，一走到这条街上，我会不会一下子就认出来，像一个熟悉的陌生人？

我走进洪屋街旁边的小巷子，觉得非常温馨。

弯弯窄窄的巷子，亮着一盏橘黄的路灯。

屋檐低低的，再往上看有小小的玻璃窗，很像是《哈尔的移动城堡》里，苏菲缝帽子的地方。

总觉得小窗户里面，也有一个正在缝制帽子的苏菲。

这样走着，你会觉得住在这条巷子里的所有人都是认识的，见面时都会互相打招呼。

不像住在高楼大厦里，如果有个邻居突然来敲门，你第一感觉很可能是出了什么事。

路上，我们总共三次遇见猫。

先是看见一只怀孕的大猫，在独自往前走。

过了一会儿，又看见了一只狸花猫，这只猫是黑色的，只有肚子是白色的。

路灯照在它身上，它的一大块影子在身后。

这只猫带着一只小猫，一开始我并没有反应过来。

但是我发现，我们迎面走过去的时候，大猫还没有动，可是它身后的黑影突然缺了一块。

原来那里有一只小猫，小小的，黑黑的，蹲在它妈妈的影子里。

我看见一小块影子从一大块影子里分离出去，就知道是一只小猫逃走了，钻进了灌木丛。

第三次，看见一只猫在洪屋街的墙角下，是一只断尾巴的小猫，它很小，只有巴掌那么大。

我突然感觉这三次见到的猫，好像串成了一个故事：

一只猫怀孕了。

它生下了一窝小猫。

这一窝小猫应该不止一只，可能有五六只。

可是因为发生了一些变故，只有一只活了下来。

于是一个大影子带着一个小影子。

后来大影子不知为什么再也不见了，留下了这个小影子。

很不幸，小影子的尾巴断了。

小影子孤零零的，看着天上的月亮，还有空无一人的街道。

2021 年 5 月 26 日

想不到题目了

昨天晚上没休息好，想睡又睡不着，心情很不好。

下午，妈妈叫我到楼顶检查瓜子的狗粮吃完了没有。

以前很少在这个时候上楼，还好是阴天，一点儿都不晒，也没有蚊子。

整个天空都是灰色的，特别是我头上这块颜色最深，只有远一点儿的地方偏蓝，越到地平线就越蓝了。

我下楼拿了一本张爱玲的散文，还有一包零食。

前几天晚上看星星时坐的两个凳子还没拿下去，不知道谁给摞起来的，抽不开了。

干脆直接坐上去。

这样就坐得很高，像游泳池旁边救生员坐的高台子一样，也有点儿像地铁站里保安坐的位置。

往远处看，地上全是绿的。

野草和庄稼像海一样，把以前光秃秃的土地盖满了。

几个月前，天和大地接缝处的蓝色和土色，非常明显。

现在看到的地方像是会动的油画一样。

田里有几个阿姨，簇在一块儿干活。

她们的摩托也花花绿绿地挤在路边，看不清，像油画上没画完的地方。

离我最近的两个阿姨在聊天儿。我听不见她们说什么，只能看到她们下巴上面、鼻子下面有块阴影在开开合合。

一小群灰鹅伸着脖子，慢慢走在草地上，猛一看以为有一堆和好了的水泥在挪动。

我在楼顶护栏边上，看书吃零食。

瓜子也扒着护栏站着。

每一次，我往余光能看见的地方搁一块零食，瓜子粉红的大舌头就一下子把它收走了。

有很多东西是一种无意的抒情，本来不想很感性，但又不小心被某些细节打动了。

2021 年 2 月 5 日

第 4 辑

诗人究竟是什么样的

——北京记

婷婷姐姐

"你最近在看什么书？"导演婷婷姐姐问我。

"《我的宝贝》，三毛的。"我说。

"哦，这本书我没看过。"

"你都不看书的！你还'我没看过'，说得跟个文化人似的。"旁边另一个导演姐姐说。

婷婷姐姐一直认为，我们的第一次见面，她讲了个很烂很烂的开场白。

她一开始觉得我有点儿高冷，其实我是尴尬。

婷婷姐姐告诉我，她确定选择我的时候，正在一座山上，跟她男朋友拍婚纱照，穿着那套红裙子。选手资料都发到了群里，导演自己选择选手。山上信号不好，她在群里翻翻翻，翻名单，翻到了我，立马就说："我要这个！"

她说，后来她又担心我太早熟，是不是选错了，最好是让给其他导演来跟，怕到时候拍不好。

她说，每次和我通电话时，她都要录音，免得错过我的观点。

开始到剧场彩排的时候，婷婷姐姐觉得我演讲时放不开，也缺少动作。

她很着急，赶紧介绍很多小朋友给我。

我其实心态一直很好，而且最后一天特别好。只是有时我在思考一些写散文的素材，头靠着墙，脸上挂笑，看着他们，总是若有所思，还要时不时把关键词记下来，眼睛会不对焦，显得心不在焉。有人会以为我有点儿怪，眼神失去高光，失去了梦想一样，甚至还会以为我快哭了。

好几次，篮球小哥故意把篮球推过来："来玩呀！来玩呀！"

婷婷姐姐说，最后一天我像施了魔法一样放开了，她很满意。

婷婷姐姐和我说过两次："你有没有发现，你会把我们不相干的人关联起来。比如你会说这个姐姐像谁谁谁，那个姐姐像谁谁谁。"

在后台，婷婷姐姐对我说："你是我需要负责的最后一个选手了。"

她说："搞完这个节目之后，我准备回家好好调养，这一两年就要生一个小孩了。"

他们做导演的都太拼了，经常通宵熬夜。

我们到北京这天，他们忙到凌晨 5 点才睡觉，第二天不到 10 点又上班了。

她说："你爸爸讲得特别好！你爸爸的教育观念特别好！"

婷婷姐姐经常和我爸爸聊教育孩子的事。

我离开他们之后，看见婷婷姐姐在朋友圈里写到做这次节目的回顾。

她说，跟我聊天时，经常忘记自己是在工作，每次都想和我多聊一会儿。

2021 年 1 月 20 日

胖哥哥

婷婷姐姐给我介绍一个男导演。他们俩是一起走过来的。一开始我也不知道他是干什么的，是个胖哥哥。

婷婷姐姐说："这个哥哥也很喜欢你的诗！他叫我把他介绍给你。"

胖哥哥说："嗯，我挺喜欢你的诗。"

我说："谢谢！"

他说："哦！"

我对他很蒙，他对我也很蒙，都不知道下一句应该说什么。

过了一会儿，看我们都不说话，婷婷姐姐说道："然后呢？"

那个哥哥用疑惑的口气说："不客气！"

大家就开始笑，气氛才放松了。

接着，我们都各忙各的了。

过了一会儿，我又遇见这个哥哥，他在处理那边几位选手的事，他想跟我打个招呼，可能觉得叫我全名"姜二嫚"，会显得很奇怪，而叫"二嫚"呢，我们又是刚认识，也有点儿奇怪，他就叫了一声："嫚嫚！"

可是因为他太胖，所以他的发音，在口腔里会比较靠里——感觉像是拿着一个大大的号角，隔着一道很厚的墙，吹奏出来一样，所以导致这个"嫚嫚",听起来有点儿像"妈妈"!

以后每一次,他都这样叫,我都有点儿不敢确定了,是我听错了,还是他说得不对。我问婷婷姐姐,他怎么老叫我"妈妈"?婷婷姐姐就笑。后来,我们拍完节目之后,婷婷姐姐还跟他说了。

好像夕阳突然西下,而我坐在屋顶的躺椅上,本来正眯着眼睛呢,周围的光瞬间都没有了,前后反差很大——实际上是在化妆间,那个胖哥哥,突然出现在我面前,像一座大山,并且凑得特别近站着,离我也就一瓶矿泉水横过来的距离。另外有两个人也跟着凑过来,三个人围着我。胖哥哥从衣兜里掏出好几个草莓!

他的个子很高大,本来手也很大,可是草莓在他手里,好像他的手显得有点儿小。我当时正在画画,对透视比例特别敏感。可是当我一接过来,发现草莓特别大。我错怪他的手了。我没有见过这么大的草莓!

这种错觉,让我想起有一次,姐姐在专心画画,我在旁边换衣服,她抬头看了看我,突然问道:

"二嫚,你的身体比例,是不是长得不对啊?"

我和那些导演,围在一起,一人手里抓一个草莓吃。

这个剧场是有明确规定的,不可以吃东西,只能喝水,连饮料都不能喝,否则发现了就要罚款。

我们来排练之前,导演姐姐曾经跟我们反复强调过。

所以我们都悄悄吃,紧紧围着,别人可能还以为是在讨论走台

的事呢，讨论节奏呀，情绪呀。

我们围着吃，还有个原因，不想让那些年龄小的选手看见，他们在旁边走来走去背演讲稿，如果他们看见有好吃的，一定会大声咋呼："我也要！我也要！"

我们抓紧吃，胖哥哥在旁边追着问："甜不甜？甜不甜？"很期待的样子。

我们说："甜！甜！甜！"

很像我在东海岛时，那些邻居摘了自己田里的西瓜，到处送，送给我们，下次见面就会问："甜不甜？甜不甜？"

我们说："甜！甜！超级甜！"他们就很满意。自我肯定是没有任何意义的，别人的肯定才是王道。

海米给我们发糖果。我把我得到的那块巧克力给了胖哥哥。

海米以为是他从我这里抢走的，又抢了回去："这个你不能抢，这是给这个姐姐的！"

海米还给了我，我又把手反到身后去，拿糖戳胖哥哥，想再把糖给他，结果他可能穿得太厚，或者太胖了，不敏感，戳他也没反应，走掉了。

那天，背稿子背得差不多了，大家都在化妆间休息，婷婷姐姐跟我讲胖哥哥的一个超能力。

她说："他可以用肚子，把一个人弹开两米之外！"

我问："真的吗？"

婷婷姐姐说："谁谁谁过来一下！"

胖哥哥过来了。婷婷姐姐叫他演示。

然后，他就站好。婷婷姐姐站在他前面。那个哥哥就"3，2，1"倒计时，憋了一口气，突然，婷婷姐姐"腾——"地出去了，像颗导弹一样！

节目临近尾声，大家开始合影。

穿着黄色衣服的胖哥哥，像一只大黄鸭一样，不过来拍。

他说："我就不和二嫚合照了！因为我是要出现在二嫚诗里面的男人。"

我说："不是诗，是散文。"

他说："反正是出现在你作品里的男人。"

我还是拉他照，他先是不照，后来还是照了，说："嗯，真不错！"

首先，这是个很快活的胖子；其次，我发现，我没有见过一个胖子是不欢乐的！一个忧伤的胖子，你见过吗？

我想可能是这样的：有些人活得很郁闷，觉得人间不值得，就吃不下东西，越来越瘦，而且一般都会比较苛刻；而另外一些人呢，说人间很值得啊，你看最起码有这么多美食，就越吃越多，越吃越胖，别人看着也觉得好玩，就忘掉了不开心，过得很快乐。

2021 年 1 月 20 日

舞王姐姐

婷婷姐姐带来一个人，说"这个姐姐是最早联系你的"，说叫什么什么，我一时没有听清楚她的名字。

这姐姐个子高大，皮肤又白，很丰满，很灵活，很可爱，好像是记忆里的一个人，总觉得她特别特别有异域风情，而且她头发卷卷的，很有西班牙女孩的味道。我想象着：一个西班牙女孩，骑在马上，她前面是个年轻的牛仔，她从后面轻轻抱着那个牛仔的腰，如果这个姐姐换上那种民族风情的衣服，就更像了。你这么看着她，总觉得她一定很会跳舞，而且她跳舞是跳那种肚皮舞之类的，肢体特别灵活、柔软。

她叫梦依，是我最喜欢的一个姐姐。

后来，跟爸爸说起她，我终于想起来了，那年去新疆，在阿克苏的世纪广场，很多人在跳舞，里面有个姐姐，化着浓妆，跳得特别好，又年轻，是个很标准的维吾尔族女孩，许多男的都轮流邀请她一起跳舞。

我给舞王姐姐签名时，她说："你可以写一句话！"

我说："给你画一幅画吧！"因为我觉得画一幅画比写一句话理

解起来内涵更多一些。

　　她就找出她的本子。可是只剩一页纸了。我怕我画错了。

　　我说："有没有铅笔？我先打个草稿。"

　　她就直接拿她的平板电脑，让我在上面画。

　　我在她的平板电脑上画其实更顺手。我画了很久。

　　舞王姐姐说，她这次送给我的生日礼物，10月份就买好了。

2021 年 1 月 22 日

团结湖

到北京第二天，下午5点才去彩排，上午睡觉睡到中午，然后去酒店对面负责接待的公司食堂蹭饭。吃完饭，慢慢悠悠走到酒店附近的团结湖公园。

一进门，突然感觉所有的人都特别高，北京口音也挺好玩的。

走了几步，看见有四五个阿姨在踢毽子。这时又来了一个阿姨，看起来年纪挺大的。

其他阿姨就说："哟，你是上班去了吗？怎么这么晚才来？"

那个阿姨说："我去了一趟保险公司。"

好像她去保险公司办了一件事情，以后每过多久多久，就会有几十块钱发下来。

然后，这个阿姨又说道："以前几十块钱还能买点儿东西，现在几十块钱能买个什么破玩意儿！"

其他人都跟着说道："能买什么！买不了什么东西！"

她们边说边踢毽子。她们都踢得不是很流畅，所以老是停下来，弯腰捡毽子，而且捡起毽子以后，也不急着踢，要停下来把一句话说完，再开始踢，所有人都停着等。

再往里面走，有一个挺大的湖。湖面大部分结了冰。好多鸭子都站在冰上。有些是绿头鸭。鸭子走路时喜欢摇屁股，它们摇屁股时，是屁股那里的尾巴单独摇的，不用连着整个身子一起晃。

我还想，它们要是把蛋下在冰上，到春天冰不就化了吗？那鸭蛋没有孵完怎么办？

冰上还有些大白鹅。不知道鸭和鹅它们怎么能分清楚那些蛋是谁的和谁的呢？

这些大白鹅跟我以前在东海岛养的鹅很像。但是我的鹅显然会暴躁一些、生猛一些，而这些鹅都比较斯文，城市化了。

这些鹅都白白胖胖的，叫起来也似乎都带点儿北京口音。

湖心岛上面有几个小屋子。但是鸭子和鹅那么多，它们夜里怎么能住得下呢？不过，如果它们全都上下叠起来睡，或许还可以挤得下吧，我也不知道它们会不会这样睡。

再往前，有三个阿姨在跳广场舞，她们穿着鸭绒衣，戴着手套，穿得很暖和，而且跳得挺专业，特别是领舞的那个阿姨。她们还带了不少道具，跳不同的舞就换上不同的道具。

我在她们旁边的排椅上坐下来看。我面前过来一个推婴儿车的爸爸，婴儿车里有个看起来只有一岁左右的小孩。当时有人正在剪树，路上有一根树枝，大概有我小拇指那么粗，长度可能有一米五。这个爸爸把树枝捡起来，弯身问小孩："你要不要？要不要？"

那个小孩好像还不会说话，爸爸把树枝放在他的手前，反复碰几下，小孩就抓住了，爸爸就推着婴儿车，带着小孩和一根长长的树枝，走在路上。

有件事和这个反差很大。

在节目现场的时候，有个小选手伸手去触摸一台音响设备，她的家长在旁边很严厉地喊道："别动！那么脏！"

我发现南方的爸爸妈妈，说话时喜欢说"别人""人家"，怎么怎么样，喜欢把自己和别人分得很清。北方爸爸妈妈喜欢说"我们""咱们"，怎么怎么样，大家都有点儿拉近乎的感觉。

我喜欢北方人这种豪爽。

修剪树枝的是个大爷。他把树枝锯下来之后，都集中在草地上，把它们塞进一个粉碎机里，打碎，打成木渣，打完之后木渣就会从一个出口自动喷出来。

我们过去看的时候，粉碎机的出口刚好被堵住了。大爷用一根棍子，探进去使劲捣，想把它捣开。

这个大爷其实长得很凶，眉头紧锁。我发现所有的园林工人、环卫工人，特别是男的，基本上都是眉头紧锁在一块儿，眼睛眯缝着的。当然，如果他们一个个都笑逐颜开的，你不觉得反而怪吓人的吗？

大爷使劲捣着，还伸手进去掏一掏，也没弄好，他又探头往里看，突然好了一下，木渣喷出一口，一会儿又喷出一口，全喷在大爷的头上和脸上了。他像是被木渣咬了一口、又咬了一口似的，边缩脖子，边拿手从头上和脸上往下扫。但是他身上还是有很多木渣没扫掉，像落了雪一样，像在雪里站了很久，又像雕塑。

我不敢再往下看了。我怕再看下去他会生气，毕竟他长得挺凶。我对长得凶的人都有一种莫名的恐惧——不是莫名的，而是有理有据的恐惧！

湖面的冰已经结得很厚了。我在岸边拿一根大树棍，往下戳，根本戳不动。但是想到下午还要去彩排，怎么也不敢跳下去试一试，万一掉水里就麻烦了。

2021 年 1 月 22 日

卖玉米的阿姨

我们这两天的活动路线，围着住的酒店。我们一般都是先去团结湖转一转，然后绕回来。在团结湖斜对面，离酒店几百米的地方，有家卖烤冷面、包子、豆浆的，我一般会买他们家的煮玉米。

那种玉米烫烫的，拿着走特别暖。

店老板是个阿姨。我第一次来买玉米的时候，她坐在里面一些大蒸笼的后面，正在看手机，手里套着塑料袋抓着根玉米啃。我喊她："老板，买一根煮玉米！"

她站起来，拉着袋子的口，抖一抖，把那根没啃完的坑坑洼洼的玉米弄进去。我经常买东西，她这个动作我太熟悉了。我还以为她要把那个塑料袋打个活结，拿过来直接递给我呢！

她把手机和那根玉米放下，走过来，打开一个小夹子，把保温的塑料布拉开，问我："是要糯的，还是不糯的？"

我说："糯的！"

给我拿了一根。

她把玉米递给我，就大步流星地回去了，我问她价钱，她才说："4块。"

也没有指给我二维码在哪里，或者等我们扫完码再走。

爸爸找到二维码，开始扫码付款时，她已经在里面坐下，又继续看手机、啃玉米了。

这个阿姨的心太大了。我想在南方，一定不会这样，老板会提醒你二维码在哪里，并且一直站在那儿等你付完款。

我还想，她这么大大咧咧做生意，如果遇到小偷骗子怎么办啊？这个距离，她确定能追上吗？

2021 年 1 月 27 日

生日，在舞台上

我刚彩排完了一遍，总导演在喇叭里喊我，说再来一遍。

然后，我又回到舞台右侧的幕后，站好，跟着音乐和画外音——"欢迎姜二嫚！用演说，致未来！"重新走上舞台。

突然发现配乐不太对。我一开始没有怎么管，继续演讲，因为之前彩排也遇到过切错了音乐的事情。潜意识里想，怎么搞的，也太马虎了，又一想，好像一下明白了，或许是要拍一个圣诞节特别镜头吧。因为昨天是圣诞节，今天是我生日，在记忆里，我每年快过生日的时候，到处播放圣诞音乐，感觉它和我的生日歌曲总是混在一起，永远分不开。

可是不对啊，有人开始在侧面大声喊我："二嫚！生日快乐！"这时我也听清楚了，不是圣诞音乐，是生日音乐！

只见好几个导演姐姐和哥哥都走上舞台了，一边走一边喊："二嫚！生日快乐！祝你生日快乐！"

有个姐姐，是佳佳姐姐，还捧着一个蛋糕。没捧蛋糕的都在拍手，捧蛋糕的不能拍手。

我还发现，之前只是高空中有个长长手臂的大摄影机在拍摄，

这次舞台上还有个摄影师，也端着机子在拍摄。

我突然觉得特别尴尬！惊喜里透着尴尬。因为第一次，这么多人给我过生日，还是在这样的舞台上，这本来是我自己私人的事儿，我觉得有点儿奇怪。再说当时，我脑子里想的全是演讲稿，想着说完上一句，下一句应该是什么，应该伴随着什么样的肢体动作……

这个蛋糕特别小，蜡烛插上去可能很费力。我担心吹的时候，会不会把它吹倒了呢？

双手合十，眼睛闭起来，许愿——不过我以前都不是这样许愿的，因为毕竟是在舞台上！我小心地吹灭了蜡烛，然后把它从蛋糕里拔出来。有个导演姐姐把蛋糕装进盒子，提醒我说，里面还有个蜡烛底座没拔出来，吃的时候要注意点儿，别卡着牙……

梦依姐姐这时送给我一个很大的布袋，那个袋子看上去重重的。我往袋子里面扫了一眼，有些本子或者是书之类的东西。
梦依姐姐跟我解释："这是一些作家的周边文创……"
袋子的外面印着一个头像。
梦依姐姐说："听说你挺喜欢鲁迅的……"

我觉得他根本不像鲁迅，但是好像又和鲁迅有极高的相似度，以为是和鲁迅有血缘关系的周作人，或者周建人吧，反正周海婴我是没见过长什么样。这个人的脸太宽了，差不多是国字脸了，虽然面相也是比较苍老，可是显得太宽厚了，两只眼睛还不往一个地方看，一点儿也没有真正的鲁迅那么智慧和犀利。

但是他恰恰就是鲁迅！我用快乐的微笑盖住了尴尬的傻笑！

可能因为袋子里的礼物太多，把外面的鲁迅画像向四面拉伸，都变形了。

袋子里面，除了塞着一套《作家笔记》——有卡夫卡、托尔斯泰、张爱玲、博尔赫斯、马尔克斯等等，还有一套印着鲁迅头像的衣服、手机壳、书签、徽章……

我还没有来得及翻完里面所有的礼物，总导演就在喇叭里大声喊道："二嫚！把礼物都还给人家！继续彩排！"

台上和台下，哄堂大笑。

2021 年 1 月 22 日

北京的冷和干燥

酒店房间里有两张床，我的床靠着暖气片。

但是暖气片面积不是很大，在床的后半部分的位置。每次一回来，我就把鞋子踢掉，把袜子踢掉，贴近暖气蹲一会儿，才能缓过来。

夜里睡觉，我也是头朝床尾这边。

我有一次洗完澡，头发还有点儿湿，懒得再吹，就靠着暖气片睡。第二天起来，头发干干的了。

爸爸说了好几遍，他晚上洗的衣服，挂在洗手间，第二天早晨全干了。

我调侃说："我的矿泉水，夜里没盖盖子，第二天早上一看，水没了！"

一楼服务台有一个大茶壶，装着热热的红枣茶水。我每次从外面回来，都会打一杯带回房间。有时也会站在那儿先喝一杯，再带一杯上楼。又解渴又好喝。

2021 年 1 月 23 日

黑客

跟婷婷姐姐聊天，她说这次有位男选手，过来之前就讲，想加所有漂亮姐姐的微信。

我说："我明白他的想法……"

婷婷姐姐还说："我们这里有一个男导演，也是这样的。"

这位男选手是个黑客。

他说，如果他愿意，他可以利用黑客技术，在几米之外入侵心脏起搏器，还可以把所有人账户的钱都转到自己银行卡里……

特别自信！光从演讲稿看，像个杀手一样。

再加上，他在台上，一直戴着面罩、眼罩，拍合影照时也戴着，因为他不能暴露自己的身份，需要保密。

他原来以为会有很多女孩子很崇拜他。

但是我发现，这几天和他聊天的，全是男的，没有一个是女的。

黑客扫了我手机一眼，看见我在备忘录里，为了准备写散文，记录了一个关键词"加所有人微信"，就问我这是什么意思。

我告诉他，导演姐姐说他的事。

他说："这个你可以不写，因为我没有加成。"

有个小男孩见到黑客，叫他"盗号狗"，以为是盗窃游戏账号的人，黑客纠正说不是"盗号狗"，是黑客，这两个概念是不一样的。

我问他："我想把你写到散文里，可不可以直接写你是黑客？"
他说："不要这样写，这个很敏感，你就写我是科研人员。"

在车上时，我坐在黑客和衡水的学霸前面一排。
我虽然没回头看，但我能确定他们离我不远，我听他们在讲诗人和作家的话题。
黑客说："我高二那年，见到一个作家，老师叫我们解释他的作品的意思，我问作家他的作品到底什么意思，那个作家说：'没什么意思呀！'他说没什么意思！"

我给梦依姐姐画画的时候，黑客在旁边有一搭没一搭地说话，叫我在他的本子上写下一句诗，他在旁边晃晃晃，跟我讲了很久，还把笔拔了盖儿，说："笔搁在这里了。"

"科研人员"是个天才少年，今年才 18 岁，就已经在读研二了。
他看着我画画，说："你会写诗、画画，我没有这种天赋！不公平！"

2021 年 1 月 23 日

154

西西

西西是个小女孩儿。

这是个青少年的节目。导演特别在意每个选手的情绪。

我在那里一边画画，一边听音乐。因为我的稿子背完了。

西西就跑过来，说："姐姐你在干什么呢？"

我说："我在画画呢。"

她说："你不过去玩吗？"

我说："我不去了。"

又跟我聊了几句，她说："姐姐我去背稿子了。"

我说："你的稿子多长啊？"

她说："我的有三页半。"

我说："你的这么长啊，我的才一页半。加油加油！"

我觉得她应该是被一个导演姐姐叫过来的。好像是一个穿着紫色衣服的导演叫的。西西可能见我没有什么问题，就走了。

西西演讲的主题，是"独立"，讲小孩不要那么依赖父母。

不过，西西的承受力好像不够，虽然她讲的是小孩要内心强大。或许她自己够自信，可是她又太在意别人的看法。

我看见她刚讲完下来的时候，眼睛有点儿湿。

一位女士，可能是她妈妈吧，在旁边一边帮她弄头发，一边说："你要注意，你要注意！下次不要再出现了！"

我走过去，安慰她。

她说："我错了，我错了，我错了两次。"

我说："你是卡壳了吗？"

她说："好像有的话漏了。"

我说："没关系呀！"

她说："我哭了一下。"

我说："观众不会太在意你的讲稿的，只要你的观点说了就可以了！你好棒的！"

我告诉她："我会把原稿的一个词临时换成另一个词。如果说一个字和原稿不一样都算是错误的话，那我应该错了四五次。别人其实都听不出来的。"

我抱了抱她，拍拍她的背。

她说："二嫚姐姐，你真好！"

过了一会儿，西西过来和我加了微信。

2021 年 1 月 23 日

海米

按彩排的顺序，海米是我们这组倒数第 2 个选手。

她 6 岁，上一年级，比较小，但不是最小的。有一个小男孩也是 6 岁，比海米晚几个月出生。

海米是讲时间管理的，她有张"时间表"，几点几分上什么课，几点几分吃饭，几点几分弹什么琴，几点几分学英语，几点几分洗澡……这些不是重点，我们一起在后台时，不会去聊这些。

我给婷婷姐姐一本我的诗集，签了名，还画了一幅画——画了一只眼睛和一个黑口罩。

婷婷姐姐一直戴着个黑口罩。她的眼睛是属于内双特别厉害的那种，然后我就给她简化成很宽的双眼皮。因为我一直没有研究出来她的脸应该怎么画，干脆就直接画了个口罩挡着，然后给她签名，写上日期，送给她。

结果海米看见了。海米看上去很小，老想找婷婷姐姐玩。

婷婷姐姐说："海米你看，这是二嫚姐姐的书！"

海米开始看书。她把我的诗集当绘本看。婷婷姐姐就去忙了。

海米拿着我的诗集过来说："姐姐，你的书还给你。"

她可能以为我是借给婷婷姐姐的，我觉得跟她解释，有可能越解释越不清楚，就说："哦，那先放在这里吧。"

她就在我旁边。

她问我："这里边的画，都是你自己画的吗？"

我说："是一个叫小里予的小朋友画的，她跟你差不多大。"

然后我问她："你喜欢里面的哪一幅？"

她告诉我，她喜欢哪一幅，哪一幅，哪一幅。

她翻到有天空的那幅画，说："这个天空很好看，因为它有紫色！"

她说："我要问你一个问题！"就翻到一幅有很多动物的画，那些动物都是穿衣服的。

"这些动物为什么都穿着衣服？"她问。

我说："它们那个地方可能比较冷，像北京一样冷，所以它们就穿衣服了。"

因为小里予的画是儿童画，不是那种很专业的成人画，所以没有画出阴影，可是海米又说不出来，她只是觉得它们像飘在空中。

于是海米问道："为什么它们画得都像云一样？"

我觉得她是随便问的，也就随便回了她一句："可能它们饿了，吃了一朵云吧。"我想起以前，曾经看过一个故事，叫《云朵面包》，讲的是下雨天，有朵云彩挂在树上了，姐姐和弟弟穿上雨衣，把它摘下来带回家，妈妈把它揉成面团，烤成面包……

海米说："哦，是这样呀！"

我问她："这本书你看得懂吗？"

她说："看不懂，我不认字。但我可以看里面的画！"

我问她："你平时看书吗？"

她说："我看绘本。"

我和海米继续聊天。

因为我有点儿不清楚她是什么样的小孩，难免会拿出对其他小孩的那种很传统的方式和她说话，比如"原来是这样呀！""真勇敢！"这种口气。

海米说："你这个口气，一听就是在骗小孩，不要用这种口气和我讲话！"

我说："是不是很多人都这样跟你讲话？"

她点点头。

海米到处跑。

有个姐姐旁边，放着一小袋软糖。海米跑过去看。

那个姐姐说："你要吃糖吗？"

海米说："随便！"

那个姐姐说："'随便'，那是要还是不要呢？"

海米说："看你咯！"

姐姐又问："到底要还是不要呢？"

海米就伸手进去，拿了一块，说："我要紫的！"又拿了一块紫色的糖。

然后，海米到处给我们发糖。

海米给了我一块巧克力。

那个给过我草莓的胖哥哥，刚好正在这里忙。我说："你伸手过来！"给他塞了那块巧克力过去。

他说："哦，谢谢！"他的声音比较大。

海米往他那边看，看见了那块巧克力，然后一把从他手里抢过来，说："这是给这个姐姐的！你不要拿她的东西！"

她可能以为他是从我这里抢去的。

海米继续跑来跑去分糖，而且分得很执着，分得很清，哪个人拿了几块糖，哪个人拿了颗紫的糖，哪个人拿了颗棉花糖，记得特别清。

海米讲起补习班的事。

我顺口说起，之前妈妈给我报了个模特班，老师让我们头顶一本书，练习站姿。

海米想把一次性水杯顶在头上。

杯底小，杯口大，海米一开始把杯底朝下放，顶不住，老往下掉。后来把杯口朝下，扣在头上，就顶住了，像戴着顶小生日帽一样。

她还想放一块饼干上去。她自己胳膊短，够不着。我给她轻轻放上去。她把我的手挡开，说："你不要！我自己来！把手拿开！"

后来，她又想把一个矿泉水瓶顶在头上。顶不住。但如果我给她解释人的头本来就不是平的，对她来讲可能有点儿难理解。我就跟她讲，你太可爱了，这个水瓶子都被你可爱得晕倒了。

海米就生气了，说："你不要用这种一听就是骗小孩的口气讲话，好不好！"

我接触过这么多小孩，印象最好的就是海米。

因为她很真实。海米的可爱在于，她不知道自己可爱，所以不是装出来的可爱。她没有想着怎样去追求可爱。她只是在本真、真诚地做着自己的事情。因此，她很有思想。

2021 年 1 月 24 日

神秘的"爱因斯坦"

拍摄结束，临告别的时候，我看见一个出场率很高、存在感很低的导演，长头发，头上好像一直扣着一顶黑帽子，戴着一个黑色的口罩。

每次彩排的时候，他总是窝在台下最中间的椅子那里看，像一个阴影一样，特别是场内的追光灯打在演说者身上，他就和黑影完美融合，只有一双眼睛在那里面闪闪发光。等现场所有的灯全部亮起来，他就又出现了，黑衣服黑口罩黑帽子。

我本来在和婷婷姐姐聊天，婷婷姐姐拉我过去，说："那个导演也是负责你的，你要不要和他打个招呼？"我就走过去，旁边刚好有根柱子，我从柱子后边绕过去，悄悄摸过去，像个鬼一样把头伸过去，大吼一声："谢谢！"

他抬头，用惊恐的眼神看我，说："吓死我了！"

他的声音本身很低沉，总像是透过很多层布传出来，不完全是戴口罩的原因。

他老是戴着帽子，头发长长的，炸炸的，有点儿自来卷，所以很像爱因斯坦。

我到北京的第一天晚上，去公司的会议室，简单地模拟彩排一下。

有一个人窝在凳子上看我演讲，特别闷，留着小胡子。我不敢看他，我一看就想笑，感觉他很像张飞，要不就像关公。他头发卷卷的、乱乱的，而且有胡子。那胡子好像不是从嘴唇上，而是从鼻孔里炸出来的。也很像《猫和老鼠》里面，杰瑞那个弹吉他的舅舅。

我合理地怀疑：这个人应该就是后来的"爱因斯坦"。因为如果他不是"爱因斯坦"的话，那么后来在节目现场，那个人为什么再也没有出现过？

2021 年 1 月 24 日

篮球小哥

篮球小哥 13 岁，和我同岁，来自上海。

篮球小哥和两个小孩，就是海米和一个小男孩，他们三个一起玩篮球。

篮球小哥原地不动都能把球倒来倒去，那两个小孩都是 6 岁，根本抢不到球，只能围着他转，像遛狗一样。

篮球小哥胳膊很长，小孩死活够不着球，特别生气，急了，就爬到他腿上，坠着。有个大人好像是家长，或者别的监护人，大声喊小孩："喂喂，某某某，过分了，过分了，过分了啊！"

篮球小哥两条腿被摁住了，单腿跪着，两个小孩还是抓不到球。篮球小哥被推倒了，球就滚了出去。海米眼睛都红了。

就像有一次，我爸爸和姐姐玩游戏，谁赢了谁吃葡萄一样，姐姐老是吃不到葡萄，都快超过她承受力的底线了。海米现在就是这样。

后来，海米抓住了篮球，死活不跟篮球小哥玩了！自己在那儿玩，抱着球走来走去。

海米抱着篮球，首先是喜悦，其次是愤怒，脸上是那种又开心又恨的表情。那个小男孩就在我旁边，隔一个位子的地方坐下。

篮球小哥也玩累了。

我和抱篮球的海米，待在化妆间最里边的位置，没有出那道门的地方。那里有一小排座位，像候车亭那样的椅子，铁的，上面包了一层皮。

海米开始和另一个小女孩玩，她们是好姐妹，俩人挨在一块儿打游戏。

我在旁边拿着手机，记下看见的事情，记关键词，边记边思考，没管她们俩。

海米和我打了个招呼。

我说："嗨，海米！"

接着又说："你要玩球吗？"

因为球这东西，你一个人玩，不但无聊，还会寂寞。如果你自己抛出去再捡回来，或者你对着墙打，可能打着打着眼泪就下来了，怀疑自己是不是有心理问题。而且小孩子最喜欢和别人玩。

篮球小哥现在已经不陪他们玩了。

我蹲在地上，和海米把篮球推来推去。

海米说："我们把篮球砸一下，让它弹起来，来回滚。"

我们就开始砸。

过了一会儿，那个小男孩也来了，把篮球当足球，拿脚来踢。

篮球小哥本来坐在化妆台前，在那儿晃腿呢。突然一下子从座位上弹起来，冲上去，喊道："不要不要不要！"

篮球是他的，心疼死他了！

篮球小哥要走了，要上舞台补一个镜头，要带着篮球走，篮球是他的道具。小男孩说："不给！"

我对小男孩说："要不你拿篮球去砸他吧，有多大劲就使多大劲！"

小男孩抱起球来就去砸他。

篮球小哥一把捞起篮球，走了。

2021 年 1 月 24 日

衡水中学的学霸

有时候，他会和他的好兄弟——黑客聊天，或者偶尔在那里化妆。

但其余大部分时间，我根本看不到他，不知道他去了哪里。

有一次，我发现了秘密。

明月和她的一个朋友闹别扭了，心情不好。

导演姐姐怕明月过会儿演讲崩了，就叫我去安慰她一下，带她去看猫。

原来，化妆间后门外面，有一条小走廊。明月用来做道具的一只叫哈利的猫，就放在那里。

我们一进到那条走廊，就看到学霸一个人躲在那里，拿着演讲稿，哇啦哇啦哇啦，在那里猛背。

我就想，这两天他应该是经常在这里背稿子的。

我看见他的演讲稿很长，起码有 3 页，比我的长多了。

他很用功。

我们这几天一次次拍照，从来没有拍到他。

吃饭时，我在偷听隔壁——黑客在和衡水中学的学霸聊天。

他们俩聊的，是他们偷听他们的隔壁——两个小男孩的聊天。

我在笑我的隔壁。

他们在笑他们的隔壁。

好几次，学霸问我，应该怎么去赏析我写的诗？反映了作者什么样的情感和思想？他认为，说不定高考会考到。

他演讲的主题是：如何改变命运。

2021 年 1 月 25 日

明月

明月有个习惯，你跟她讲句话，她的眼睛总是看着其他地方。她不跟你对视。即使和你对视，她也只是扫你一下。你以为她没有听见，但实际上她已经听见了，她在思考回复你，或者在思考别的什么事情，或者在背稿子，永远在背稿子，你要拿手戳她一下，她才会回应你。

明月有个关系特别好的好姐妹。一个人有个好姐妹的话，你如果和她聊，你会担心这样和她聊，她的好姐妹会不会有点儿生气啊，因为女孩子太敏感了。

上午候场的时候，明月生她好朋友的气了。原因是她们一起玩，互相打，她好朋友打得太重了，把她手给打疼了。

婷婷姐姐对我说："你去看一下明月，要不要安慰她一下。"
我说："好，我现在过去吧！"
婷婷姐姐说："不不，不要直接过去，你等两分钟再过去吧。"
我就去了一下洗手间，转了两圈，跑去找她，和她搭话。
她头抵着墙。我说："你怎么啦？"
她说："我背稿子。"

我说："没事儿吗？"

她说："头有点儿晕。"

我就拉了一把凳子给她，她也没坐，我们就站着。

这时，婷婷姐姐又叫淘淘也过来了。

淘淘坐在凳子上，屁股坐了一小部分，挪出一大半儿，叫明月一起坐。最后明月慢慢好了。我们和明月一起去摸她演讲用的那只叫哈利的猫。

明月跟人讲话时，会很"网络"，像是在网上和人讲话一样。她在那里坐着，戴着麦，一直在哼唱，讲话像网民一样，可能她上网比较多。

有个男的从我们旁边路过，明月拦下他说："你知不知道，你很像我们学校的一个'校草'？"

那个男的愣了。

2021 年 1 月 25 日

吃的话题

有个重庆渝北区的小女孩，和我一个朋友是同一个区的，我们聊吃辣的话题。

我说："你们吃那些辣椒，是感觉不到辣，还是能感觉到辣，但喜欢这种感觉？"

她说："不感觉辣！"

她吃着辣条。

我说："你吃这种辣条，真的不感觉辣吗？我觉得挺辣的。"

她说："没有啊！"

我说："虽然没有剧烈的辣，但是还是挺辣的吧？"

她说："有吗？甜的呀！"

她说，有个人，去了某地，买了个冰激凌，冰激凌上有红油，辣椒酱那种红油。

那个人以为是弄错了，怎么弄成这个样子，老板说没有弄错哇。

我们开始聊各种食物。

我说："我爸爸吃豆瓣酱，拿那个葱，挖一下，一口下去，又辣又咸。这味道我受不了！"

她说："挺好啊！"

她说："豆瓣酱还可以拌面条……"

我打断她说："对对对对，这个东西人间极品！"

我说："面条用酱油拌也超级好吃！"

她也说爱吃酱油。

我说，我也特别爱吃酱油。寿司店里那种酱油，是特制的鲜酱油，带一点儿甜味，那种甜味不是很浓烈，用那种酱油拌面，简直是绝味！

淘淘也在旁边。她本来是到处跑的，刚好路过，听到我们讲话，也过来了。

我就说："你们知不知道'仰望星空派'？"

这是外国的一种"派"，里面插一排鱼头，鱼头是斜着切的，呈45度往上看……

她们说，对！对！还有一个名字，叫"死不瞑目派"！因为那些鱼都瞪着眼睛！

她最后说，有个"辣王"，一顿要吃5斤辣椒粉！

2021 年 1 月 25 日

淘淘

我在旁边画画的时候，淘淘就蹭过来，说："哎，你好啊！"

淘淘爸爸是一个非常有名的眼科医生，因为医闹，被人砍伤了。

淘淘没有别人想象的那么悲苦。

她说话从来不是用很悲凉的口气，而是很乐观，很调皮，很自信。

她本来就不悲伤。

我和她交流演讲的事。

我说："我要是能转回头，看大屏幕上的图片就好了，可是我在台上不能完全转过去，只能微微侧一下身。"

她说："我也是。"

她说："你那边有几张图片？"

我说："我都不知道有几张。"

她说她那边，有一张是她爸爸穿着白色大褂的，有一张是她爸爸和好几个医生在一起的，还有一张是她站在板凳上等爸爸回家……

淘淘问我："你是哪个国家的？"

我说："中国。"

我问："你呢？"

她说："我住在地球！"

我说："那我住在火星。"

我们俩就扯开了。

我说："我住在宇宙。"

她说："我住在宇宙北京某某小区某某栋某某号。"

2021 年 1 月 25 日

在一起的导演姐姐们

所有导演姐姐的吃饭速度，都非常快，吃起草莓来也是一样快。

她们是每天都化妆的。我的理解是，可能她们每天都很忙，为了不要显得很疲惫、有黑眼袋，她们就每天化妆，显得很精神。不是化妆师给她们化，都是她们自己化的。她们有时候会把口罩摘下一边来，挂在一边耳朵上，你找对角度往口罩里面看，你会发现口罩里面会蹭到口红，粉粉的。

我吃草莓是拿牙齿刮它，然后有个"吸"的动作，这样不会碰到口红。我吃得好累，因为首先，草莓好大个儿。就好像北方的馒头和南方的馒头相比一样，南方的小馒头像个特别秀气的小酒盅，北方的大馒头像做疙瘩汤的碗——给两三个人做疙瘩汤的那种碗。北方草莓的大，可能是南方的小草莓所想不到的吧。前几天在南方，我还刚做过纸杯蛋糕，买过草莓，切开用，草莓的个头跟荔枝、龙眼差不多。

我把草莓吃了几口，没吃完，剩下来的部分依然很大。

导演姐姐们吃草莓不但很快，而且居然一点儿没蹭着口红。她们很快吃完，然后都走了，剩下我和那个大草莓。我既怕弄掉口红，又怕脸上沾上草莓印子，这样不好和化妆师解释。

我吃得很累，还有个原因：太甜了！我把剩下的大草莓送给爸爸吃，他也不吃。他说："这么大的草莓！"

我上台之前，前面那个人在台上没讲完，我已经补完妆了，站着候场。

婷婷姐姐拉着我的羽绒服看，问我这个白色的耐脏不耐脏。佳佳姐姐说这件羽绒服很好看，好喜欢这个款。她们摸一摸，很惊讶地说，原来是这种材质的，像塑料布一样。

她们又问我暖不暖和，谁给买的。我说暖和，我妈买的。

我们又聊到了家里养宠物，又讲到了叠小彩纸、叠小星星。

婷婷姐姐说，她以前曾经叠过很大一盒小星星，送给一个男孩。

我问她们，会不会用塑料管叠玫瑰花。她们都说会叠。

我们又说到做菜。我发现不只是我这样，她们也是——做菜时，因为不会掌控油温，被锅里的油溅到。

我给婷婷姐姐画了幅画。她跟大家说："你们看，二嫂给我画了一幅画！"

佳佳姐姐就说："我也要！我也要！"

我就给佳佳姐姐也画了一幅简笔画，再签上日期和名字。

我画的时候，婷婷姐姐一直在我旁边说："你给她们画得随意一点儿、随意一点儿、随意一点儿就行了，毕竟你不是那么爱她们！"

我还给梦依姐姐画了一幅。虽然她不是直接负责我的导演，我们接触不是很多，但是我特别喜欢她。

在舞台上，庆祝我生日的时候，蛋糕是佳佳姐姐端的，礼物是梦依姐姐拿的。

　　我感觉和导演姐姐们都挺聊得来的。

　　我发现她们和那些小女孩也是差不多的，其中的差别，大概只是身份证上面写的年龄的数字。

2021 年 1 月 26 日

佳佳姐姐

佳佳姐姐戴着一顶漂亮的帽子，特别像日本小朋友上幼儿园时戴的帽子。

我们在一起的时候，佳佳姐姐总喜欢聊与衣服相关的事情，感觉她很喜欢服饰的搭配。

这也可以从她选的这个帽子上看出来。

我过生日的时候，佳佳姐姐笑得很开心，但是因为她捧着蛋糕，没有办法拍手。

2021 年 1 月 26 日

诗人究竟是什么样的

化妆师姐姐给我化妆。

她问我："你是演讲什么内容的呀？"

我说："诗歌。"

她说："你写诗？"

我："是的。"

她说："哦，你很像一个诗人啊，很高冷、文静！"

她还扭头和另一个化妆师姐姐议论："这个小妹妹特别高冷，是个诗人。我夸她漂亮，她说'谢谢'！"

难道不应该说谢谢吗？

我不想说太多话，觉得和化妆师姐姐聊不起来。

还有，从镜子里会看见，一般化妆师姐姐都会给我画一对很粗的眉毛，像六一儿童节，幼儿园大班表演节目的那种。从这种妆里就可以看出，彼此不是一套思维，怎么会有共同话题呢。

跟我不熟的人，都会说我很像一个诗人。

我话多，但是有点儿慢热、难热，特别是我不确定这个人跟我有没有共同语言的时候。甚至有人会以为我冷得有点儿自闭，有点儿孤僻，顶多和苦大仇深那种诗人不太一样。

其实跟我熟的人，都觉得我实在太逗，话太多，太啰唆，一旦热起来，就超级烫！

"姐姐，我也喜欢诗。"一个小妹妹对我说。
"你喜欢谁的诗？"
"我喜欢毛爷爷的诗！"

他们和我玩的时候，总是会先把我当成一个诗人。不会先把我当成一个人，一个同龄人，一个朋友。

我坐在那里画画，戴着耳机听歌。附近有些舞蹈团的小朋友，全部都是小女生，是来伴舞的。带队的姐姐叫我，说："来来来，和大作家拍一张照！"
这听起来有点儿奇怪。说我是诗人还过得去，我是个作家吗？

有人会觉得，诗人分两种——
一种是话少派诗人，遁世隐居，面无表情，眼神往上走，爱盯天花板，不食人间烟火，若有所思，讲话时眼睛不看人，或者透过人的面部，穿过头骨，看到人的灵魂，讲出来的话不冷不热，冷嘲热讽，很锋利。
另一种是偏激、愤怒派诗人，很苛刻，神也惧我执笔，遇事先是低下眉头，愁眉苦脸，苦大仇深，嘴角下拉，五官整体往下巴的方向下移，和下巴挤在一起，扭曲，恐惧，怀疑人生，沉默良久后突然蹦出一句"国骂"……

接着就会以为，我肯定是这两种里的一种。

我是一个挺正常的人。

第一天没有化妆，吃饭很方便，我也不觉得饭有多么好吃。

第二天开始化妆了，总是带妆吃饭。

吃饭时嘴张得特别大，吃到一点儿东西之后还要加个"收"的动作，避免蹭到口红。偷偷吃草莓那次更是小心。不想去补妆。如果去补妆，化妆师姐姐肯定会问东问西，骗她也不好，不骗她也不好。

我一点一点地吃饭。吃得特别慢，也没时间吃太多，蔬菜太长，不方便吃，咖喱鸡也不能吃，最方便吃的是西红柿炒鸡蛋拌米饭，我吃得特别香。

有些人笑起来眼睛弯弯的，像我姑姑那样，即使戴着口罩你也能看出来，可是我不行，我眼神不会笑。

我跟别人讲话的时候，不喜欢盯着人家看。眼睛直直戳着人家，像吵架似的。这一次来北京，好多选手年龄比较小，所以我讲话时一般不愿盯着他们的眼睛，免得不够柔和。

有些人讲话时嘴角上扬，边含着笑边讲话。我讲话好像不能同时笑着，只是一个很平常的表情，很自然，很放松。

许多人看我时，往往都是我把眼睛移开的那一瞬间，而且我一边想着事情，可能会有点儿阴郁。我不是不观察他们，我实际上一直在观察他们，关注他们，有时还在手机里记下关键词。

2021 年 1 月 27 日

第 5 辑

在鲁迅纪念馆

——上海记

飞上海

飞机延误了，我们在机场等了 3 个多小时。

这是今年疫情开始以来，我第一次坐飞机出远门。

每个人都戴着口罩，机场工作人员除了口罩以外，还戴着防护面罩。

妈妈打电话，叫爸爸买一点儿吃的，像牛肉干、饼干之类，在路上吃，说这次飞机上没有饭吃。

在候机楼，我找了个僻静的角落，躲起来，摘掉口罩，吃了点儿牛肉干。

登了机，我们在跑道上又停留了很长时间。

没想到还给我们派了盒饭，盒饭配了小苹果、醋饮料，醋饮料很酸。

还有一包面包、一包饼干，我没有吃完。

我本来计划好了的，带了画板，想在飞机上画画，结果看见飞机在云层里穿行，一会儿出来，一会儿又进去，一层一层的云，永远都是云层，有点儿无聊，就开始困了，睡着了。

醒来的时候，吃了一点儿饼干，飞机就开始往下降了。

我记得上次飞上海，望见飞机下面还是一片大海的时候，广播就说："预计我们这架飞机即将于 × 点 × 分到达上海……"

以我坐地铁的经验，一旦预告"即将到达"之后几秒钟，就到站了，所以给我的错觉是，难道飞机要降落在海面上吗？

过了一会儿，广播又说："飞机开始下降……"这时，下面出现了公路，公路上正在堵车，还出现了高楼大厦，我的感觉是马上又要落在公路或者楼上了……

没想到，很快下面就变出机场的跑道。

我又开始担心，这飞机驾驶员是怎么瞄准跑道的啊？万一油门踩多了，那不就冲出去了吗？

还有，如果驾驶员困了，睡着了，怎么办呀？或者说，如果驾驶员是个坏人，不是可以把飞机开到任何地方去吗？不敢想了！

飞机往下降的时候，我的感觉很怪。

先说两条腿，里面好像全是空气，像气球里面的那种氢气，有点儿飘浮，而且这些氢气会一直挠你的痒痒，像有些蚂蚁在那里爬，它们也不咬你，就是爬，导致我必须不断地找一个受力点，把脚踩一踩，一踩，蚂蚁就掉了。

飞机降落的方式，和我以前想象的也不一样，并不是直接斜着，一头扎下来。

而是像波浪一样，也像我们玩的纸飞机，往下斜着冲一截，缓一缓，再冲一截，这样一层一层下降。

所以飞机每次往下一冲，身体立刻跟着下来了，可是灵魂还没有那么快下来，它跟不上身体的速度，还刚从上面那一截离开，往下拉着丝呢，感觉肉体和灵魂是分离的。

2020 年 8 月 9 日

青海餐馆和南京路

在酒店，我们放下行李之后，很快就出来了。

先去了酒店旁边一家青海人开的清真餐馆。

老板娘戴着头巾，整个面部很圆润，好像一个椭圆形，脸蛋红红的，爸爸说这叫高原红。

我听见这个老板娘跟老板说话，听不懂说什么，给人一种很神秘的感觉。

我对所有听不懂的话，都觉得好奇和神秘。

我想，那些听不懂我们说话的人，一定会觉得我们也很神秘吧？

我看了一下菜单，感觉没什么想吃的。

后来，还是点了一份羊肉盖浇饭。

很快我就知道，我的判断没有错，确实不好吃！

不过在他们家，有只小猫在通往二楼的楼梯那儿趴着，很好玩。

我没有跟它玩太久，就马上出发了，去南京路。

在南京路的一条巷子口儿，有一个照相的摊点，他们借了一面墙，把以前上海滩的一些老建筑画在上面，然后摆了一辆敞篷的老爷车，好像还原了老上海的样子，给人照相。

几个戴着礼帽、穿着长袍马褂的人，一直在那里造气氛。

其中有个大佬一样的人，理着光光的头，拄着拐杖，缓步向前。

他时不时举起手来，像一个大人物那样，向观众招手，转身，招手，走两步，再招手，眼睛跟着手势，这样反反复复。

过一会儿，他又把老爷车的门打开，手扶着老爷车的门，再招一下手。

坐进车里，再把手抬起来，招两下。

他转动着方向盘，假装开得很激烈，然后从车上慢慢下来。

他在上车和下车的时候，都把长袍的前裾撩起来，提着。

他的拐杖，看上去就是一根普通的木棍，上头有一点儿弯，刷成棕红色。

大人物旁边有几个马仔，跟着凑热闹、起哄，一会儿就喊一下："照相的过来啊，过来啊，10块钱！"

他们还准备了一些像旗袍之类的服装。

感觉这个钱很不好挣，我始终没有看见有谁过去消费，只是有人站在远处，拿手机冲他们拍照。

上次来上海，我们也从这里走过，发现他们也没什么生意。

光头大人物表情尊贵，内心凄凉。

现在南京路上人还挺多，但是福州路那边的上海书城，早早关门了，我们赶到时，刚过晚上9点，一片黑灯瞎火。

路上我一直脚疼。

生怕新鞋把我的脚磨破，那明天参加活动就麻烦了。

回到酒店赶紧检查，还好！

2020年8月9日

真的，假的

聚光灯下，她先是扮演一个孕妇，然后灯光一灭，赶快跑到后台，摘下假肚子，又冲上来，牵着一个小女孩，一转眼成了个年轻妈妈……

整个剧都没有台词，只需要动作。她演得已经很到位了，画面感很好。

演孕妇时，她的手、胳膊、腿都是细的，身材苗条，只有肚子那里突然突出一块，加上灯光和音乐，很有舞台效果。

在后台，她对她"女儿"说话很客气，也很温柔。

有一次她在后台，"嘭嘭嘭"使劲拍打着绑在肚子上的一大块硅胶，笑着冲我们说："你看，还真像个娃娃！"

其实她不那样说，我也一眼就能看出她和她"女儿"之间，始终存在的那种距离，能看出那个小女孩不是她生的，她不是真妈妈。

而且我觉得，在现实生活中，她一定还没有生过孩子。

实际上这种母女关系是很难演的。

我想过，要是找一对真正的母女来演，会不会演得更好呢，但很快我又觉得那更不可能！

真的妈妈和女儿之间，是不需要演戏的，你真要叫她们演，肯定演不出来，还不如找两个演员来演。

我今天出去取外卖的时候，见到了一个孕妇，她的动作，她的样子，一看就是真的。

特别是她的全身都是胖的，不光是肚子。

一个孕妇，不可能做到除了肚子，其他地方保持苗条，或者除了肚子，把其他地方的赘肉，都减肥减掉。

所以，是不是真的妈妈和孩子，我凭直觉就能知道。

比如说我和我妈妈，走在街上，我们之间的距离，是与我和外人一起走时完全不一样的。

而且，我对妈妈说话，从来没有一次说过"您"如何如何。

我姐姐也是，多少年没有听见她叫我一声"妹妹"，都是喊我"二嫚"，只是和别人说到我，她会说"我妹妹"。

2020 年 8 月 9 日

在鲁迅纪念馆

许广平说："你曾对我说：'我好像一只牛，吃的是草，挤出的是牛奶、血。'"

鲁迅像一头斗牛，眼睛瞪得大大的。

他写《狂人日记》，状态是很癫狂的。

就像巴尔扎克那样，听说他一天要喝 50 杯咖啡，需要一种很强的精神，处在巅峰状态。

鲁迅也是太拼了，而且他喜欢抽烟。

一个学医的人，可以说是一个医生，却连自己的身体都没有打理好。

我看他肺部的片子，都是黑黑的了。

他这样的人，活久一点儿多好啊。

还有，可能因为他脾气不好，喜欢骂人。

巨大的才华，用来骂人。

其实心平气和也是很重要的。

他就是批判的性格，所以让他心平气和，可能也是很难的。

他永远都不可能心平气和，他就是那种特别特别……我都不知道该怎么去形容他了。

在展示《阿Q正传》剧情的一个模型区，有阿Q被人揪着辫子、撞墙、撞响头的场景。

我们站高一点儿就能看到，其中一个房子的模型，里面空空的，有个大蟑螂，仰面朝天地死在里面！

死得真不是个地方。

我刚开始，很想对讲解员姐姐说。

但是想一想，这个讲解员姐姐比较青涩，我还是假装没有看见。

如果我说了，会搞得她很不好意思，怕对她太刺激。

参观的时候，爸爸问了讲解员一些问题，比如"这张照片是哪年拍的""这个物品是不是复制品""鲁迅穿的这件衣服是不是校服"等，她都答不上来，可能这些都超出了她的认知。

她只能根据自己背的稿子来讲。

我们刚来的时候，一进门，她很羞怯地迎上来问："你们是不是来参观的？"

她那个问话的口吻，就像是在问："不好意思，请问洗手间在哪里呀？"

她在本地一所很有名的大学的法学院读研究生。

我感觉有些女孩子，过了一定年龄之后，就再也不会青涩了。

这次，一路上，在一些付款的地方，有好几个收款阿姨都主动问我爸爸："你的手机这么大，很不方便吧？"

她们的年龄，让她们跟陌生人交谈时，已经达到大大方方的境界了。

　　在鲁迅纪念馆的一楼，遇见两个大人带着一个小孩子。

　　年龄大的那个，可能是外婆，或者是奶奶。

　　"鲁迅这个人，也好也不好！"奶奶或外婆说道。

　　"为什么呢？"年轻妈妈说。

　　"因为他提倡写白话文，把古文给废掉了。"

2020 年 8 月 13 日

第6辑

爸爸总有很多理由读书

——家人记

爸爸总有很多理由读书

走在路上，不是爸爸牵着我，而是我牵着爸爸。

因为爸爸一边走，一边在读书，用手机录音。

为了给我和姐姐方便时听。

从我记事起，我爸爸就总是在读书。

每次旅行之前，准备行李时，爸爸都会问我们："带了什么书？"

装行李箱时，爸爸老喜欢塞很多书。

我劝爸爸："别带那么多了，看不了那么多的……"

爸爸一声不吭。

用膝盖使劲压着行李箱，往下盖。

有时实在压不下去了，爸爸就找另一个袋子，专门装书。

每到一个城市，只要有一点儿空闲，爸爸就会带我们去找书店。

平时，爸爸自己的包里，永远都装着好几本书。

爸爸说："光装一本书是不行的，万一这本看完了，怎么办？"

爸爸说：

"等车时，就看书。"

"排队时，可以看书。"
"无聊的时候，也可以看书。"

在我们家，不到半米远，就准能摸到书。
所以，我随时随地都能找到一本书来看。

我去朋友家玩，爸爸有时跟着我。
爸爸总会去看我朋友家的书柜。
等我玩够了，回到家，他就会说：
"这家人书不多。"
"嗯，这家人有些很不错的书。"

读书时，爸爸该哭哭，该笑笑，总是很有状态。

读《塔克的郊外》时，读到最后
"草原像一颗绿色的心脏；
亨利猫、蟋蟀柴斯特和塔克鼠就要道别了"，
爸爸突然流下眼泪。
我和姐姐互相递个眼色，分头去给爸爸找纸巾。

当我写到这里，爸爸在我旁边坐了下来。
爸爸开始喝茶。

2019 年 5 月 22 日

我的爸爸

我用姐姐的水彩笔画指甲盖儿，把自己的指甲盖儿画完了，就在爸爸的指甲盖儿上乱涂乱画，手指甲脚指甲都画。

涂自己的指甲时，我还有点儿不太好意思；在爸爸的指甲上涂的时候，我就完全放开了，想怎么涂就怎么涂，有玫红的，有紫的、黄的、绿的，五颜六色都有，连一般女孩儿都不会用的颜色，我也大胆给他上了。

反正爸爸在看他的书，很配合。

姐姐当时正在参加一个美术辅导班。

爸爸就去美术班送她。

爸爸穿的是凉鞋，脚指头看得很清楚。

遇见了美术班的王老师，爸爸跟王老师谈了半天教育的事儿。

爸爸走后，王老师笑着问姐姐："你爸爸很有个性啊！不过，我还是想知道他为什么……"

我本来对这个王老师没有什么印象，但是姐姐回来一说，我就记住他了，而且王老师骑单车时，两条腿使劲分开，像一只蹬水的青蛙。

我和妈妈、姐姐一致认为，在我们家里，爸爸是唯一的小孩。至少在心理上是个小孩子。虽然他在外人面前，是一个显得很成熟、很有经验、很热血激情的人。

有一次爸爸要出差，说要带上我，我不想去，妈妈说要是你不去，他会迷路的。

6岁那年，我们去南岳衡山。

我在路上，问过姐姐："为什么别人家是大人带小孩，我们家是小孩带大人呢？"

我小时候觉得爸爸憨憨的傻傻的，给人一种智商不高的印象，经常有个疑问，为什么我妈妈会和爸爸在一起呢？然后我就问爸爸："你怎么追到妈妈的啊？"

爸爸把眼睛一眯，然后把嘴摆成一个八字，法令纹拉得长长的，说："你妈妈当时为了追我，给我叠了100只千纸鹤！"

另一次就说是"叠了100个纸飞机"。

每次讲的都不一样。

一个很认真的事情，他喜欢瞪着斗鸡眼儿，显得很不正经。

一个本来不正经的玩笑，他就喜欢很较真。

我小时候晚上不睡觉，爸爸被迫给我讲故事。

讲了一个"地板下的小人"的故事，说他们长得都是大拇指那么高。

这个故事特别长，每天都接着往下讲，而且眼看着从爸爸亲身经历的事情，变成了一个童话故事，后来又变成了一个魔幻小说。

爸爸说，小时候有一次考试时，有一个"地板下的小人"帮他送小抄。

有一天，我从幼儿园回来，爸爸说今天有两个"地板下的小人"，一男一女，来我们家偷一枚硬币，他们正在地上滚着，被爸爸发现了，爸爸大喝一声，他们两个丢下钱就跑。

爸爸指给我看，地上果然躺着一枚硬币。

还有一次，从幼儿园回来，爸爸跟我说："我今天用你的小渔网抓住了一个'地板下的小人'，最后他把小渔网咬破了，钻出去跑了。"

我坚决不上幼儿园了，一定要在家里等"地板下的小人"出现。和爸爸纠缠了很久。

我把我的小伙伴们害惨了。

我到幼儿园以后，就跟他们讲我们家里的"小人儿"。

吃午饭的时候，我也不吃饭，直接站起来讲。

他们说："你见过吗？"

我说："我没见过，但是我爸亲眼见过！"

他们一下子都炸锅了！

老师就过来骂我，催我吃饭，催一声我才吃一粒。

别的小朋友都吃完饭去睡午觉了，只有我一个人还在那里坐着，拿米饭在碗里堆各种各样的建筑。

但是这个长篇故事，我后来发现爸爸有时前后讲的不一样，甚至会自相矛盾。

同一个问题，第一天问他，第二天再问他，只要他两次回答不一样，我就开始怀疑：他是不是在乱编啊？

快到圣诞节了，我在小区跟小朋友们玩，问道："你们的袜子都准备好了吗？"

他们说："袜子？什么袜子？"

那时候一到平安夜，我和姐姐就在家里到处挂袜子。有时候袜子不够用就把裤袜，或者干脆就是裤子，在裤脚系一下。不管挂什么，第二天一早总会收到满满的礼物，而且一定都是自己心里想要的礼物。

除了糖果、小零食、水果，还有文具、宠物兔子，简直要什么来什么。

每次，爸爸还叫我和姐姐给圣诞老人写信，把自己想要的礼物写上去，包括要的礼物希望是什么颜色的。

圣诞老人也每次都会给我们写回信。

圣诞老人回信上的字，都是歪歪扭扭的，我还说，他到底是个外国人，汉字写得很不规整！

我和姐姐把所有礼物堆在床上，然后开始分礼物。

遇到不好分的东西，或者有争议，爸爸就来帮忙分，这个应该是谁的，那个应该是谁的，最后两个人一定都会很满意。

在好多年里，我心里一直有个古怪的想法：每当圣诞节，圣诞老人都会偷偷地一家家送礼物，他这样做也是违法的吧，这不是私闯民宅吗？难怪过完圣诞节他就不见了，他可能是蹲监狱去了，然后在监狱里整整待一年，到了下一个圣诞节就又出来了，然后又去蹲监狱。想到这些，我对圣诞老人既感谢又同情……

小时候，我们家有个转弯的地方，放着一个三角形的衣柜。

衣柜非常小。有段时间我很喜欢钻进去蹲着。蹲进去之后，我就在里面喊爸爸："我隐身了，你找不到我！"

于是爸爸就开始走来走去找我：

"藏哪里了呢？怎么找不到呢？到底去哪里了呢？"

找了一会儿，可能怕我在里面憋气，就说："啊，这里有个柜子，还有一道门儿，还有一双拖鞋啊！"就把我脱在外面的拖鞋，拿起一只，卡在门缝上，然后继续在外面找来找去：

"藏哪里了呢？怎么找不到呢？到底去哪里了呢？"

我爸爸特别爱出汗，经常全身都是汗水。

我说："爸爸渗漏严重！"

爸爸说："这个表达很好！"

我只有通过爸爸的眼镜才能判断出他是出了一身汗，还是刚洗完澡。如果爸爸眼镜是干的，身上湿透了，说明去了趟外面。

如果他浑身是水，眼镜也是湿的，就说明他刚洗了个澡。爸爸洗澡时喜欢把眼镜冲洗一下，也不擦。

我迷上了做面包、蛋糕，但又总是生产一大堆死面饼。

爸爸像个碎纸机一样，大口大口扫荡。

我问："好吃吗？"

爸爸说："这馒头不错！"

"那是面包！不是馒头！"

"洋馒头！"

爸爸干完活回到空调房，往床上一躺，眼镜一摘，说："啊，真凉快，我眯五分钟。"

然后就打了一个多小时的呼噜。

起来后说："没睡着，我一直在思考。"

好久没回东海岛了，刚回来时，院子里全是落叶。爸爸就立马操起扫把、铁锹开始清理，自然得好像他已经在这里干了二三十年了。

在东海岛，爸爸很快就晒黑了。

爸爸去小商店买东西，商店老板说："下次你给我打电话，我给你把东西送到船上。"

爸爸说："什么？"

老板说："你不是出海跑船的吗？有很多跑船的，买东西都是我去码头送的！"

于是店老板就给爸爸写了个电话号码，爸爸很认真地收了起来。

如果我跟妈妈说："我爱你！"妈妈会笑笑，然后来亲我一口。

如果我对爸爸说："爸爸，我爱你！"爸爸就会一本正经地问："什么事？哪里有蟑螂吗？"

爸爸是清除各种害虫的高手。

无论我发现了蟑螂、蚂蚁，或者别的什么，只要喊爸爸过来，一定清理得干干净净。

以至于我已下定决心，等我长大了，相亲的时候，一定在第一次见面时就要问清楚："你怕不怕蟑螂？那蚂蚁呢……那壁虎呢……"

爸爸跟什么人都能聊得来。

在出租车上，爸爸和司机聊天。

司机说："你是什么地方的？"

爸爸说："你猜！"

不管司机猜什么地方，爸爸都会说："你怎么看出来的！"

司机会说："我有个战友，和你是老乡……"

或者说："我认识一个人……"

每次爸爸都和司机聊得很开心，很热烈。

如果我说："姐姐过生日时，你穿条小裙子，好好为她祝贺祝贺，好不好啊？"

他肯定会说："好啊好啊！可以可以！"

如果我说："我给你挑了一条粉嫩粉嫩的小裙子……"

他肯定会说："好看好看！可以可以！"

我姐姐在幼儿园放学时，爸爸每天去接她，总要带上她养的各种宠物：兔子、乌龟、小鸟、金鱼……在幼儿园门口摆开，浩浩荡荡！

2021 年 6 月 10 日

外婆

我出生时，外婆就已经很老，我长大了外婆还是很老，给我感觉，好像外婆就一直没有变过，一直那么老。

靠想象，我也没办法把外婆还原成年轻时的样子。

外婆以前是护士。

妈妈说，她小时候，不管是生病打针，还是打各种疫苗，都是外婆从医院里拿回来，追着给她打的。

所以我脑海里常常出现这样的画面：大院里，一个老太太，手持药针，颤巍巍地追赶着一个五六岁的小女孩，一定要把针头扎进她屁股！

小女孩就是童年的妈妈。

现在，我什么时候来，外婆什么时候都在看电视，看的是国际新闻。

虽然外婆不是政界的人，但对各国的政治军事很熟悉，一看见哪里正在打仗，就两眼放光。

外公说："打不打仗关你屁事？"

妈妈也问外婆："你每天关心哪里打仗，有什么用呢？"

外婆说:"我看看,要不要收拾包。"

如果仗打得和我们有关系,外婆就说,她也可以上前线,帮忙打针。

外婆说得很认真。

2021 年 7 月 11 日

姑姑

我 6 岁时，第一次回老家，第一次见到姑姑。

姑姑的眼睛小小的，笑起来弯着，眼睛全是黑的，看不见眼白，像两个小纽扣。

姑姑带我和姐姐去赶集。

走在路上，姑姑每遇见一个熟人，就停下来，介绍我们，说："这是我的侄女！"

集上有各种北方特色面食、点心和水果，都是我以前没有见过的，很好奇。

我和姐姐在前面一个一个摊位看，姑姑在后面紧紧跟着。只要是我们多看了几眼，或者询问过的东西，姑姑都要买。

姑姑不是那种花钱不眨眼的有钱人。但是她给我们买东西，从不问价格，直接和摊主说："要一斤！"

或者："称五个！"

赶集回来，我们几个人手上，都拎满了大大小小的袋子。

姑姑把我和姐姐出版的诗集，放在一个书柜上，然后大声对我们说："这个书柜，我已经给你们全清空了，专门用来放你们的作品，你和姐姐加油写，争取早早把它填满！"

姑姑从外面回来，带了一纸箱刚刚睁眼的小狗，一共有四只。

她说，是从垃圾箱旁边捡的，不知道谁丢的。

姑姑知道我和姐姐都喜欢小动物。

我们用饼干糊糊喂它们，太阳好的时候，姑姑就叫我和姐姐把它们抱出去晒太阳。

好多小朋友围着看，有一个说：

"我要订一只，等养大了我就来取。"

姑姑已经是外婆了，还是像个小女孩一样，我们经常和她玩着玩着就滚到地上了。

我在老家写的诗，有好几首都与姑姑有关。其中有一首《河》，就是因为姑姑给我讲了一个小孩的事，后来我散步时就创作了这首诗——

河

晚上

我拿手电筒

往河里照

半年前淹死的那个小孩

在水里写作业

他看见有光

就抬起头

冲我笑

最近这次回老家，我已经 13 岁了。

我好像变得有点儿慢热了，或者说有点儿矜持了。

给奶奶过生日那天，姑姑领着亲戚的一大帮小孩玩，像孩子王一样。

我坐在餐桌前，没过去玩。姑姑玩了一阵，气喘吁吁地坐在我旁边，说："二嫚，你现在长大了！"

我吃完饭，回到床上画画。

姑姑"噔噔噔"地跑进来，跳上床，把被子一掀，把脚往里一塞，说："咱们聊天吧！"

姑姑向我介绍，老家这里气候是什么样的，白天要怎么穿，晚上怎么穿……

姑姑给我的印象，既随意又可爱，总是像一个朋友。

作为长辈，她没有很正式地教育我要怎样，但她给了我一种感觉："你想进步就努力进步吧，但退步是不行的哦。"

这次我和爸爸要离开的时候，奶奶很难过。

走到大路上，突然发现爸爸的水杯没有带上。

我跑回去拿，又怕奶奶伤心，就给姑姑打电话，叫她拿到楼下来。

姑姑大大咧咧举着水杯，半个身子探出家门外，喊道："二嫚，你看是不是这个杯子？"

我一边倒着跑，一边跟姑姑招手告别。

姑姑迎着我，左一脚右一脚地走着，步态像喝醉了一样。

她把手扬起来挥着，高声喊道："赶不上车，就回来！不要走了！"

姑姑是奶奶养大的第 6 个孩子。

孩子太多了，养不起。奶奶说，当时她曾经想流掉。

爷爷回到家，问爸爸："你妈去哪儿了？"

"去医院了。"

爷爷就去追。追到半路，追回来了。然后就有了姑姑。

每次奶奶说起这件事，姑姑听了都会哭。

2021 年 8 月 6 日

全世界的斜坡

——正月初一从广州骑到东莞

吃完午饭，让妈妈、姨丈、姨妈给我们扫了三辆共享单车。

爸爸和姐姐的是摩拜，我的是小黄车。

我还是喜欢小黄车。

从太阳新天地出发，骑上沿江大道。

在沿江大道，我们没有走辅道，而是走江边的观景道。

看到了钓鱼的。

他钓了两条鱼，一条鲫鱼，一条大草鱼。

大草鱼还在地上乱蹦。

他问我们要不要，两条 20 块。

开始热了，我脱掉一件外衣。

骑到一个封路的地方，从一条木板的细缝里钻进去，在里面走。

然后，到了一个比较荒凉的地方。

再骑，就到了护林路（茅岗路口）公交车站，休息了一下。

我们每个人吃了一个橘子。

我叫爸爸摸我后背，里面的衣服湿湿的了。

从公交车站离开后，见到路对面有好几个草莓园。

爸爸说："我们先不去草莓园玩，往前走还会有很多的！"

过了黄埔，来到一个最偏僻的地方，正在修路。

很累，水都喝光了。

想买水，也没有小卖部。

想搭车走，也没有车。

以爸爸的性格，我也不敢讲，即使有车，也不会让我搭的。

上坡，上坡，又下坡。

下完坡又上坡。

路边有小店，但是不开门。

又遇到一个封路封得很厉害的地方。

路是土路，地上都是大石头、石子，不好骑。

下车推。

石头特别大。

一般都是我推上去，下到还有一点点时，爸爸跑来接。

这段路大约有一公里。

走了很久，剩下的路还是土路，不过没有很大的石头了。

有时推有时骑。

看到很远的地方有几座高楼。

这段路是骑得最多的，大约骑了全程的 60%。

姐姐又在后面一个劲催。

骑得腿很痛。

感觉整个腿都动不了。

用脚腕摆动，往上蹭着走。

有段一两百米的上坡路，下来推着车走，走了 20 分钟左右。

我骑着骑着，感到对人生失去了兴趣。

看到大石头，就感到地球要毁灭了。

看到上坡路，就感到宇宙要毁灭了。

从出现高楼开始，骑了三四公里，才找到小卖部。

我在骑这三四公里的时候，什么都没想，一直在自我安慰——只是想，这三四公里很近很近很近很近，就跟三四米一个道理。

在小卖部买了一瓶水、一桶方便面。

又把包里的面包拿出来吃。

还拿出包里的两瓶牛奶，和姐姐分着喝了。

吃完上路。

感觉有劲了。

天也黑了。

我们加快了速度。

一直骑。

就到了东莞境内。

骑上了 107 国道。

又是上坡，上坡。

看到下坡路，感到这是上天对我的眷顾。

在一座大桥上，看了一会儿烟花，走了一段长长的下坡路。

终于见到妈妈来接我们了。

妈妈给我们带来了椰子汁和烤鸡。

我们站在路边大吃了一顿。

从这里开始，还有五六公里就到目的地了。

这段路是和妈妈一起骑的。

妈妈陪我在后面骑。

姐姐和爸爸冲在前面。

我们又骑上一座大桥，看见了一个金鳌的雕塑和空中的三盏孔明灯。

有一盏飞了一会儿，就不见了。

还有一盏飞得很稳、很高。

另外那盏，很快就掉进江里了。

快到终点时，我们慢了下来。

我对姐姐说："要是我当上总统，就把全世界的上坡路都消灭掉！"

姐姐说："我当上总统，就给所有上坡路都装上电梯！"

2018 年 2 月 18 日

第7辑

在雨中

——4岁时的8篇短文

捉迷藏

一旦门铃响了，我和姐姐都会藏起来。

有一天，妈妈出去买衣服。

妈妈一回来，我和姐姐就立刻藏起来。

妈妈不能找到我们。

2011 年 10 月 7 日

溜冰

我们有一天，在家里玩溜冰。

我们都摔倒了。

阿姨在旁边拖地。

我们还说："冰真冷！"

我们还在上面上蹿下跳，冰就是地板。

2011 年 10 月 8 日

在家里

爸爸在吃梨。

妈妈在看报纸。

姐姐坐在沙发上吃橘子。

我坐在沙发上跷二郎腿。

我们的小狗露露，在看姐姐吃橘子。

露露也吃橘子。

外面在下雨，毛毛细雨。

我和姐姐的单车，停在阳台上，它们在休息，在喝水，喝毛毛细雨。

我也和姐姐一样吃橘子。

2011 年 10 月 11 日

在雨中

我们从书城回家。

我们在的士里观察雨。

雨下得稀里哗啦，下得很大。

我看见好多汽车，在后面追赶着我们。

汽车亮着灯。

风景真秀美啊。

姐姐看着窗上的雨水，说："被灯光一照，就像蛇的皮一样。"

我看见已经到家了。

2011 年 10 月 12 日

绿灯侠

昨天晚上，我睡着时，就做梦了。

我梦见绿灯侠了。

他陪我一起玩。

他是飞着来的。

在彩田村玩，玩秋千。

在秋千上，我教他嘴啃泥。

在斜坡那儿，我还教他扭腰的动作。

我送了一幅《红狐狸》的画儿，是我用新买的画笔画的。

然后，我们还去了花卉世界。

我给他买了一只小狗。

还买了个吹泡泡的玩具，是吹完以后，一按就有泡泡的那种玩具。

我们还去了文具批发市场，给他买了跳棋。

我还到绿灯侠家，教他下棋。

他家在一个爆炸的地方。

我是从火上跳过去的，绿灯侠是飞过去的，他带路。

我发现，他家里有个手工桌，上面摆满了很小的动物，有小兔子，有小野猫。

我用手绢教小兔子叠被子。

绿灯侠说:"非常感谢!白天,我还会来,跟你玩!"

绿灯侠身上,放着那种绿光。

他脸上,还可以变出一个面具。

如果他不想戴面具了,就会变走。

好像他腰上有一个按钮,一按就变走了。

2011 年 10 月 23 日

海绵宝宝

我梦见了海绵宝宝和派大星。

还有全部的不坏的那些绿灯侠。

我叫妈妈做饭给他们吃。

我还带他们去批发市场买玩具。

我还梦见了庄园里的精灵。

还梦见了里面的小白熊。

还梦见了我们的露露。

我们一起进攻那些坏熊。

绿灯侠都吹辣椒泡。

辣椒泡都砸在了大熊的嘴里，大熊晕倒了。

2011 年 10 月 29 日

海底世界

在海底世界，我挖了一个大坑，里面有很多小动物。

它们说："你为什么挖我们的家？"

我说不出话来。

2011 年 11 月

摘草莓

草莓园很低。

下到草莓园的路很难走。

爸爸跟我拉着手，把我送下去。

我下去了，然后，爸爸又上去接姐姐。

爸爸也把自己接了下来。

草莓园一片通红，那是熟了的。

还有的一片绿，好像绿灯侠在谈话、在跳舞一样，那是不熟的。

草莓开了好多花。

有的人摘了就吃，也有的摘了不吃，留着回家吃。

我和姐姐一人一个小篮子和一把小剪刀。

我剪了很多熟了的草莓。

2011 年 11 月

第 8 辑

阅读·思考·写作

摧毁一个诗人
——在北京的一次演讲

大家好！我是姜二嫚。

很多人知道我，可能是因为我 6 岁时写的《灯》这首诗——

灯把黑夜
烫了一个洞

从那以后，有些媒体称我为"00 后诗人"，说我是"天才""神童"。

对这样的标签，我想告诉大家，每个孩子都是诗人，只要有纸和笔，没有条条框框的限制，每个孩子都可以用自己的方式去创作，孩子天生就有诗意的眼睛，只是有的家长选择蒙住了它。

但是我爸爸妈妈没有这样。

爸爸喜欢带我和姐姐去很多地方。

除了书店、博物馆、游乐场、动物园，我们还会去城中村、菜市场，去感受真实的生活。

在那里，我会见到很多人，很多普普通通的人，他们都活得很真实。

记得有一次，在菜市场，我看到一个卖鱼的阿姨，正在熟练地杀鱼，她背着一个很小的婴儿。爸爸问她孩子多大了，阿姨说"十几天"。后来我想了很久，觉得这就是普通妈妈的样子。

我经常会把见到的普通人写到诗里，我认为他们应该被人记下。

比如，有一首诗叫《回收》——

一辆回收旧彩电

旧冰箱

旧洗衣机

旧电脑的

三轮车

车主躺在里面

睡了

好像回收了自己

生活不会因为我们选择看见它或者忽视它而发生改变，它只会一直往前走，像火车一样。

我希望它是绿皮火车，可以慢一点儿，嘈杂一点儿，但要容得下每一个普通人。

我不是很喜欢高铁和飞机。

绿皮火车是我和家里人最喜欢的出行方式。

从深圳到新疆那次，来回七八千公里，我们也是坐绿皮火车。

一路上接触了很多人，听到了很多故事。

旅行并不是赶路，生活也不等于赶时间。

如果可能的话，我更喜欢在一个地方住下来，实实在在生活一段时间，那样才算去过。

2019 年，外婆生病了，爸爸妈妈就带着我和姐姐去照顾她，我们在那个村子生活了好几个月，还种了几亩地。

那个村子叫盐村。

盐村很少有年轻人，大多是老人。

外婆说他们平时都生病，农忙的时候病就好了，都出来干活了。

村口的树上，拴着几个吊床，天气好的时候，老人们会在那里扎堆，坐着聊天。

我和邻居家的小孩，在旁边开了一家很迷你的"小卖部"。

有一天，一个走路很吃力的老爷爷，要买一瓶凉茶，我听不懂他的雷州话，但我能懂他的意思。

我不想收他的钱，他一定要给，我和他互相推让了好多遍。

外公告诉过我，那是他小时候的好朋友。

他住在一个很旧的小屋里，他儿子建了全村最高的楼房，有六层，可是不知道为什么，一直没有让他住进去。

在盐村，我写了很多诗，有一首诗叫《盐村的老人》——

在家里看书时

窗外传来

一阵阵的哭声

好像是村里

有一个老人死了

但我不是本家的

不能去看

第二天

我跑到老人们扎堆的地方

一个个看

想看看

少了哪一个

"死亡"是件奇怪的事儿，在城市的时候，我很怕，看到寿衣店会把头别过去。

在盐村，感觉"死"变得没那么可怕了。

村子旁边就是一片坟地，我每天都要路过，经过的时候，我会和那些坟墓打招呼，用雷州话说："你好！"

我写过一首诗。

是写给老家的爷爷的，《爷爷是个神秘的人》——

早上

在从没见过面的

爷爷坟前烧了

一本

我和姐姐的诗集

当天晚上

在梦里

有个人跟我说

很好看

很好看

写诗是我记录生活和思考的方式。

我爸爸从来不会直接告诉我大道理，他更愿意让我自己观察，用心感受。

他也不会替我选择哪些该看，哪些不该看。

爸爸会反复地看我写的诗，但从来不会让我解释我的诗，也不会轻易批评。

更不会告诉我什么该写，什么不该写。

如果一定要说我有什么天赋，那我想我最大的天赋就是，爸爸给我的自由、包容和信任。

我只不过是在他的放养之下，长成了自己的样子。

最后，我想对所有的父母说，每个孩子都是天生的诗人。

不要蒙住他的眼睛、束缚他的灵魂，不然，你就是在摧毁一个诗人。

2020 年 10 月 2 日

读书记
——《哈利·波特》

我对石家庄的印象不错，并且很深刻，完全是因为《哈利·波特》。

忘记了去干吗，我们到了石家庄。

好像在那儿待了一天，没什么事儿干。

住进了一家电影酒店，它的装修风格很有特色，从大厅往房间走的墙上画有巨大的齿轮，像是老式钟表，还贴着许多电影海报。

房间里有个投影仪，有一面大大的银幕。

我开始随意翻看电影介绍，一下就翻到了《哈利·波特》。

以前，有人给我推荐过，我在书城的时候也看到过，觉得可能就是一个普通的奇幻小说吧（像《绿野仙踪》《爱丽丝梦游仙境》那样，奇幻小说我也不是特别特别喜欢），或者超人拯救世界的那种老套路，而且它很厚，怕浪费太多时间，所以一直没有想着去翻一下。

这一次，首先它的海报设计得很漂亮，那些演员的脸蛋也好看，挺喜庆的。

我一边吃着东西，一边想，不妨打开看一看吧。

结果！一打开，啊，不得了，几分钟下来，我整个人都傻了。

第一部《哈利·波特与魔法石》，看完我简直震惊，世界上怎么能有这么好的电影！我以前怎么就不知道？

马上看第二部。

一口气看完三部。

早晨一睁眼，满脑子全是《哈利·波特》。

因为哈利·波特，我简直要爱上了这个酒店，真想办个年卡，整天在这个酒店里看电影，看《哈利·波特》。

后来回到广州，就第四部、第五部地往下看，包括《哈利·波特》电影的幕后花絮。

看到最后一部，《哈利·波特与死亡圣器》，里面有个叫斯内普的教授死了。在前面，感觉他一直是个坏人，后来突然发现原来是个好人，重点是这个过程的描写一点儿都不枯燥无趣，写得非常绝妙，让人震撼。看到他死的时候，我就哭了，哭得不行了。

这是我平生第一次看电影掉眼泪。

于是，我突然就对作者罗琳爱也不是，恨也不是，又爱又恨！

你创造了这么好的一个角色，可是你却让他死了！

刚好万圣节那天，我从网上买的全套的《哈利·波特》到了。

快递员打电话给妈妈，妈妈又用微信告诉我去快递柜取书。

我一听到消息，喊了一个字："啊！！！"

我记得我的喊声都破音了。

这时爸爸也不在家，他下去遛狗了。

我的脚直接飞进鞋子里，出门前也没有照例对着镜子看一眼头发乱不乱，就飞进了电梯里，在电梯里系的鞋带。

把邮件取出来时，我的手在抖。

我想我现在先不拆它，我要拿回家，放在我精美的小桌上，然后郑重其事地打开。我需要这种仪式感，我的魔法之旅，我人生的新大门，不能随随便便打开。

这时我才发现我出门忘了拿钥匙。

给爸爸打了很多电话，爸爸怎么都不接，可能没带手机吧，我就在小区的院子里满院子找爸爸。

小区的院子是椭圆形的，一圈有 400 多米。我抱着、扛着、顶着我亲爱的大纸箱子。

可能走了七八圈。

我觉得我的手可能以后就不能用了。

在一把椅子上瘫下来。

这时爸爸牵着瓜子，很活泼地从那里走过来了。

回到家，我的闺密来电话和我聊天，我说我拿到我的《哈利·波特》了！把手机一挂，不理她了，开始看书，看了一会儿手机又响，就直接把网络关了。

这套书还没有看完，我们就去湛江。我当时看的那一本是第四部《哈利·波特与火焰杯》。

但我把整套的书都带上了。我喜欢看着后面的，翻翻前面的，前后对照着看。

通宵地看。

和家里人一起上街，我包里也装着好几本，我的背包并不大，平时一般只放手机或者平板，但是那些书，也不知道我是怎么塞进去的。

走到哪里看到哪里，去买一杯绿豆沙，在柜台等的时候也看。

晚上看到深夜才睡，躺下又根本睡不着。瞪着天花板，两眼放光，心想我这是在干什么，这不是在浪费时间吗？

我走到客厅，啪地把灯打开，全部打开，坐在客厅的沙发上，抱起书就看。

有一次去外公外婆家。

外婆我倒不怕，但在外公面前我就特别谨慎，因为外公是个读书人，如果看到我手里有一本很好的书，他会说"拿给我看一下"，然后把老花眼镜一拿，端在手上，完了！五个小时之内我都不用看了。

我更不敢把全套的七本书都摊在沙发上！

所以我就把其余的都藏起来，手里只抓着一本，躲躲闪闪地看，或者尽量不要当着他的面看。不得不当着他的面时，就故意显得这本书很烂，我看得愁眉苦脸，一副很不以为然的样子，只是在随便翻翻。

"你在看什么书啊？"外公果然开始问了。

"哈，利儿－布尔特。"我故意发音很别扭地回答道。

"呃，哈，利儿－布尔特。"外公喃喃说，回自己房间去了。

睡梦中，我看见的都是哈利·波特。

我会沿着我看过的部分，朝着我还没有看过的部分去做梦，第二天醒来，我就赶快打开书，看看书里后来的情况和我梦见的是不是一样的。

看完《哈利·波特》全套七本书之后，我又看了它的所有电影，看了三四遍，还看罗琳的采访，看拍摄电影《哈利·波特》的纪录片。

那段时间，我老是对姐姐说："要是一觉醒来，我已经在霍格沃茨魔法学校里就好了！"

姐姐都听烦了。

2021 年 6 月 5 日

我和写作
——答记者问

1. 你多大开始写诗的?

　　2岁5个月。

2. 这么小就能写诗吗? 请说一下当时的情况。

　　记得那天, 我和爸爸还有姐姐走在街上, 是在深圳上梅林, 我走在最后面, 突然我就喊道:"爸爸, 我也有灵感了, 我也要写诗!"

　　我爸爸就赶紧帮我记。是我口述的, 我当时还不会写字。

　　这是我的第一首诗, 叫《大梅沙》, 题目也是我取的。

　　大梅沙

　　　　大梅沙在此

　　　　我们路过这里

　　　　月光之下

　　　　有条纹的星星亮晶晶

3. 你是怎么开始对写诗产生兴趣的?

　　这要从我姐姐说起, 我姐姐比我大四岁半。

那时她天天都会写诗，姐姐一写诗，爸爸妈妈就使劲夸她，老围着她转。我觉得自己被忽视了。我就想，这就是诗吗？如果说这就是诗的话，那我也能写。

也就是说，在写下第一首诗之前，我看姐姐写诗已经看了很久。

4. 你写诗，除了受姐姐的影响以外，你觉得还有什么对你产生过影响？

阅读。

我很小就开始读书了。最早是爸爸读书给我和姐姐听。

从记事起，我就听见爸爸在给我们读书。

印象最深的，小时候走在路上，常常不是爸爸牵着我，而是我牵着爸爸。因为爸爸边走边大声读书，还用手机录下来，便于我和姐姐自己在家时，可以反复播放。无论在家里，还是在小区院子、书城、地铁里，不管什么地方，爸爸都可以给我和姐姐读书。

像《追风筝的人》《灿烂千阳》《鲁滨孙漂流记》《昆虫记》《百年孤独》《西游记》《红楼梦》，以及《聊斋志异》（白话版）等，许多大部头的书，都是爸爸从头到尾读给我们听的。

另外，我们那时还常在深圳中心书城泡，有时一泡就是大半天，甚至一整天。晚上10点中心书城关门，开始播放萨克斯吹奏的《回家》，搞得我直到现在都不喜欢这个曲子。我们每次都是最晚撤离书城的。

等到了4岁左右，我已经认识了许多字，完全可以无障碍阅读了。

5. 你最早读过的书有哪些？还记得吗？

记得。先是读了许多绘本。后来就是偏重文字的书，像《夏洛的网》《精灵鼠小弟》《吹小号的天鹅》《塔克的郊外》《时代广场的蟋蟀》《窗边的小豆豆》《佐贺的超级阿嬷》，这些书我都看了好多遍。

6. 你读什么类型的书比较多？比如诗歌、散文、小说……？

我读书很杂的，也没有规定自己非读哪些类型的书。

我之前读诗歌反而并不太多。在出版过诗集之后，我才真正去读了"朦胧诗"。

读得最多的还是小说、散文类的，还有历史、传记。像三毛、李娟、姜淑梅的散文。李娟的《我的阿勒泰》我可能看了有 40 遍，封皮都翻掉了。鲁迅、泰戈尔、巴尔扎克、莫泊桑、汪曾祺、萧红，还有日本作家乙一，我也喜欢。

有段时间，我迷上了《故事会》，去图书馆把合订本都借来读了一遍。像烹饪的书、养宠物的书，我也读了不少。

我看电影也很多。

7. 那请谈一谈泰戈尔吧？

泰戈尔的《飞鸟集》，我读了很久，总觉得如果读得太快是一种浪费。我的认知一次次被他的句子打破。我震惊于他的才华，不断地在心里感慨：原来还可以这样想，诗还可以这样写！

晚上睡不着觉时，我就会拿来看。有的诗可能只适合在特定的情绪里阅读。《飞鸟集》不是。在任何心境下，你都可以读，哪怕心情很丧的时候。比如它里面有这么一句："踢足只能从地上扬起灰尘而不能得到收获。"

读泰戈尔的时候，我可以自己去想象一幅画，想象这幅画的颜色、背景等。

泰戈尔显然是大师。他不是在写表面，也不是在写一个具体的东西。他写的是深层的。尽管看上去只是在写一种感觉，一种灵魂的直觉。

我觉得杰出的诗歌是这样的：当你写的时候，只是为了自己；但你写出来之后，它就属于全人类了。

8. 你读什么书是你父母给你规定的，还是自己选择的？

哪怕很小的时候，我父母都是让我自己挑喜欢的书，从来不会强迫我该读什么书，或者不该读什么书。好比小时候在深圳中心书城吧，我爸爸坐在那儿给我讲书，都是我自己去挑书，挑一大摞，抱过来叫爸爸讲，我挑什么他就讲什么。当然，他们也会给我和姐姐推荐好书。三毛的书就是我妈妈推荐给我的。

有个作家的动物小说，我一股脑成套买了回来，看了两本觉得不对劲，就拿到跳蚤市场全卖掉了，5块1本。爸爸妈妈也没有反对。总之，他们都很尊重我的选择。

9. 你的诗很有想象力，例如"灯把黑夜／烫了一个洞""晚上／我打着手电筒散步／累了就拿它当拐杖／我拄着一束光"。怎样才能让表达富有想象力？可以给同龄人一些建议吗？

首先，多体验和多观察肯定很重要。多读好书，看看人家是怎么表达的。

我除了写作和阅读，还喜欢画画、烘焙、养动物、旅行、去漫展、追番……

我养过鸡、鸭、鹅、狗、猫、鸽子、鱼、乌龟、青蛙、蝌蚪、花枝鼠、仓鼠，还有从树上掉下来的小鸟……养过的宠物有几十种吧。

有一年我心血来潮，想养一匹马，我爸爸妈妈就帮我联系马场，去那里了解情况，四处寻找卖马的，一起回乡下我外公的老家，帮我找养马的场地，虽然最后并没有真的养成，但是他们从心里很支持我的任何想法。

爸爸妈妈还带我回老家，种了三亩地，水稻、花生、西瓜、香瓜、玉米，都种了。

凌晨两点，我们打着手电筒，去花生地里，一边在听书软件里听《红楼梦》，一边拔杂草（白天太晒，再说，草长得真是太快太疯了！）。

爸爸鼓励我，多去和村里的小伙伴玩。和她们爬上爬下、打扑克、骑车，和她们一起在村头摆摊卖东西，在水渠里玩水、去赶海……

晚上，我会到天台上半夜半夜地看星星（我在大城市从没见过那么多星星）。外婆见我那么喜欢天台，又觉得晚上太冷，直接给买了一张 1.8 米的大床摆在楼顶，让我们躺着，盖着被子看夜空，有时天亮了我才回房间。

我有许多作品，实际上就是在乡下的天台上写的。

还有一点也特别重要，就是一定要大胆表达，不要怕写不好，不要有太多顾虑，勇敢做自己，勇敢说出心里的真实想法，说属于自己的那种话。

10. 有人说你小时候的作品"天马行空"，充满"童趣"和想象力，长大了好像这些都慢慢失去了，你怎么看？

随着年龄增长，我觉得我肯定会变，文字风格也会发生一些变化。但是我不会担心这种变化。我不会为了守住某种东西而拒绝成长，如果一直都不改变，以后不就是一个"巨婴"吗？相信只要坚持自己，诗意会跟着你走。另一方面，有些东西也不是那么轻易就会"丢掉的"，比方说喜欢阅读、独立思考，用自己的眼光看世界，它是一种习惯。

11. 你在意别人对你的评价吗？

不太在意。就像外婆一直觉得我太瘦；姐姐一直觉得我太闹，爱吃她的零食；妈妈觉得我要比她高了，天天找我比身高；外公老家村里的同龄小孩认为我很白。这些都不是很重要。

12. 你觉得最幸运的一件事是什么？

出生在这个家庭，以及很小就开始阅读。

13. 你感到最愤慨的一件事是什么？

大概 10 岁时，被两个认识的也是"05 后"的人语言霸凌。

附录（代后记）

二嫚说
——爸爸的记事本

姜普元

1

二嫚说：

地球在宇宙里面，飘浮着，本来就没反没正、没上没下的。

地球像条蜈蚣，我们都是它的腿，它没法控制自己的每一条腿，所以每天都在乱动。

2

二嫚说：

我们老师有个癖好，不上课的时候就让我们给她拔白头发。

3

二嫚说：

写诗时，3 行能搞掂就不用 4 行，4 行能搞掂就不用 5 行。

比如我喜欢开头一句，就三两个字：晚上。或者：火车上。

写作要写你自己独特经历的，或者你自己独特发现的，或者别人想说还没有说出来的，那种独立意识的、不确定的、不一样的、个性的东西，而不应该是另外一些东西。

4

二嫚说：

我长得太好了，自己也控制不住，爸爸，像你是体会不到的。

爸爸你多大时才吃到巧克力的？

你第一次坐船是什么时候？

你以前有没有想过会有我这个孩子？

你别怪我，有本事打我爹去。

你不敢动我，有很多人都在罩着我：我爹、我爸、我father、我五爹、我老豆、我父亲。

不过有时他们也会对我"群殴"。

5

二嫚说：

看来做销售就是要没脸没皮，没脸没皮在这里并不是贬义词。

6

二嫚说：

不到东北，你没办法知道什么叫冷，什么叫冷得你疼，没有一个人可以凭空给你说清楚。

东北人太热情了，感觉人和人都是连在一起的，不像广州、深圳，每个人都是孤立的。

真想找个下雪的城市，长期住下去。

姐姐骂我把雪都踩进屋里了。

我不这样，那清洁阿姨做什么？没事做是不是就要失业？失业了还有工钱吗？一家大小靠谁养？是不是我害的？

我今天，又看了去东北时发给朋友的微信。

写日记真的很好。

7

二嫚说：

为什么俄国割走了我们那么多领土？为什么要签不平等条约？为什么曾经我们打不过他们？为什么皇帝不让国家发达起来？为什么他不用有能力的人？

我想起了有句话：近者悦，远者来。

8

我说：

二嫚，你刚才说的，可以写一首诗，你要不要？

二嫚说：

没事儿，你拿去吧。

9

二嫚说：

萧红的散文写得是好，实名佩服！——刚好我现在有身份证了。

我觉得萧红最好的一篇散文，是《饿》。

萧红写呼兰河，是在写现实；李娟写阿勒泰，是在写过去。

10

二嫚说：

帕蒂古丽写的新疆比李娟的真实，李娟写得太浪漫。

11

二嫚说：

我还没有习惯 2019 年，2020 年就来了。

12

二嫚说：

他太追求放松，反而显得很僵硬。

13

二嫚说：

有一天，我吃奶，怎么也吃不出来，就趴在妈妈怀里睡着了。

梦里我看见有一口井，水都干了，里面有个渴死的乌龟，也可能是螃蟹。

从那天起我就断奶了。

14

二嫚说：

我发现盲人不能穿底子太厚的鞋，否则没法感受盲人通道。

15

二嫂说：

我面壁思过，手机就是我的壁。

16

二嫂说：

我在想，蚊子会不会漱口？刷牙肯定是不可能的。

今天晚上蚊子多，是因为我把院子的灯关了。

17

二嫂说：

我从没有见过爷爷，但我想给爷爷拍张图很容易——我自拍时，拿本书挡住脸，只露出两边的耳朵就可以了。

你们说我耳朵长得很像爷爷。

我耳朵长得像爷爷，所以我就打钱给奶奶。

他们隔代传，我就隔代打。

我长了两只像爷爷一样的耳朵，虽然我没有见过他。我很自豪，爷爷也会很自豪吧？

18

二嫂说：

巴尔扎克确实超会写，我差一点儿全都信了。

我还记得巴尔扎克小说的一个细节，有个家伙把写给别人的信滴上水，假装成眼泪。

生活中的巴尔扎克，应该是正常的吧？

和读《小巫婆求仙记》不一样，读巴尔扎克需要中途休息，里面的人物关系太烧脑。

19

二嫚说：

我想去奶奶家好好住一段时间，包括你小时候住过的地方。

我以前以为奶奶家还是钻木取火。

我想让从没见过面的外婆和奶奶，见一次面。

20

二嫚说：

我以后，一定不会这样对我的小孩说话。

21

二嫚说：

你看我的锁骨，洗澡时可以装水，还可以养条鱼。

22

二嫚说：

吃得太饱，撑出了内伤。

23

二嫚说：

看来什么行业都有大咖，比如动画里的迪士尼、宫崎骏，写小说的巴尔扎克，写散文的萧红。

24

二嫚说：

四大名著，还是《红楼梦》厉害。

他把人物刻画得特别细腻。

《水浒传》写了太多废话，打个架你花里胡哨地老半天，直接告诉我谁赢了不就完了。

25

二嫚说：

有些书你读过之后一直记得它的好，虽然怎么好都忘了。

再去读还是好，比如说《高老头》。

但是我觉得《高老头》没有《漂亮朋友》好。

《高老头》写了一个人和一个旅馆，《漂亮朋友》写出了整个巴黎。

莫泊桑的长篇小说《漂亮朋友》，有人翻译成《俊友》，这样译很差。

26

二嫚说：

如果我出生在外公老家这个村，我现在肯定也整天穿着拖鞋，游戏打得很溜，满口脏话，有时还拿拖鞋打人。

我很庆幸出生在深圳。

27

二嫚说：

我发现，我妈妈有点儿浪漫气质。

妈妈你对客户太好了，我想做你的客户。

妈妈老三，爸爸老五，我突然发现我是五爹和三姨的孩子。

妈妈，你帮我算一卦，看看我投胎来这个家，投得怎么样？

妈妈，今天晚上我好像缺少母爱。

妈妈会去努力弄明白我喜欢什么，为什么喜欢。

对妈妈来说，还能回到小时候的房子里住一下，是一件多么幸福的事！

妈妈比幼儿园老师好一些。

妈妈起码让我二选一，说："要不你把饭吃了，要不就写一首诗。"

幼儿园老师只有一选一，说："你把饭给我吃了！"

妈妈减肥很有毅力，我每天吃饭也很有毅力。

在我们家，爸爸就是爸爸，而妈妈是所有人的妈妈，包括我们养的狗狗和鹦鹉。

28

二嫂说：

出生在那样的地方，可能有四种命运：一种是特别有才华然后横空出世，一种是朴实、安详地度过一生，一种是四处闯荡，还有一种是成为一个刁民。

29

二嫂说：

读书的成本是最低的，只要识字就可以了。

30

二嫂说：

我想拿自己的钱买个房子，买辆旅行房车，然后支持姐姐做生意，剩下的钱就买狗买各种宠物。

31

二嫂说：

你说鸡一般叫几遍天就亮了？

32

二嫂说：

他谈美食时和他谈政治时一样严肃。

33

二嫚说：

学英语就是舌头搏斗的过程。

34

二嫚说：

我现在明白了，你当时为什么辞掉在外人看来那么好的工作，来闯深圳，这很不简单。

35

二嫚说：

你等一下，我想想，要不要把刚才的话写成一首诗。

36

二嫚说：

反正他在瞎编，要跟他较真你就输了。

37

二嫚说：

我相信我的诗集是有价值的，我是用心写的，它记下了我的真实，哪怕只有一句话是有价值的。

我不觉得我的诗写得多么好，把那些奖给我，我觉得我并不配。

买我诗集的人，有可能赚钱赚得很不容易，所以我签名一定要好好签。

他们夸赞的，是我的以前，我实际上已经写了好多年了。

我不喜欢写完以后，参加这么多活动。

我不太想参加那些诗会了，因为我已经参加过了。

参加活动，有些作者塞给我他们写的书，好为难，是带好还是不带好？

写诗不能当饭吃，我想以后先做一个商人，我不想做一个浪漫的傻子。

38

二嫂说：

人最珍贵的是：感情可以共鸣。

39

二嫂说：

有时候一句话我会思考好几天。

比如"点头如捣蒜"这句。

思考的结果，我发现这是一句废话。

40

二嫂说：

好像要成为一个优秀的人，必须先分裂。

41

二嫂说：

对我来说你还是一个谜。

你到底经历了什么？

42

二嫂说：

世界上最难的问题是：人为什么活着？难就难在你没法列算式。

43

二嫂说：

快乐没有错，但你不能快乐无底线。

44

二嫂说：

有人买了一瓶用蛇泡的酒，一直忍着舍不得喝，放了整整10年，后来一打开，发现里面的蛇是塑料的。

45

二嫂说：

我小时候想，长大了去哈佛大学读书，听说哈佛大学的自助餐很不错。

后来听说哈佛有个墓地，有些学生会坐在墓地看书，我就不太想去了。

46

二嬷说：

我是叫你来安慰我的，不是叫你来训我的。

47

二嬷说：

我读《新华字典》，书上的所有字这里都有，但这不叫博览群书。

48

二嬷说：

这支萨克斯曲子，他把感情全吹进去了。

49

二嬷说：

"少小离家老大回"，作者应该非常寂寞，说他写得苍凉是不够的，应该是凄凉。

50

二嬷说：

诗歌可能分三种：一种是好诗，一种是费尽脑汁硬挤出来的诗，还有一种是烂诗。

烂诗又分两种情况：一种是作者也不知道自己在写什么，当然读者也不知道；另一种是作者自己知道，但读者不知道。

51

二嫚说:

李白这个名字取得真是好。有种说法是他给他妹妹取名李月圆，也很好，大俗大雅。

李白天天喝酒，我估计他会有痛风。

52

二嫚说:

我想知道，柏林墙倒的时候，是从西往东倒的，还是从东往西倒的？

53

二嫚说:

我宣布，这半边天是我的。

54

二嫚说:

和我有关的一个微博话题，阅读量快一个亿了，我觉得很满足，我一辈子也见不到这么多人。

55

二嫚说:

天空不是平的，是弯下来的。

天空弯下来触到了地上。

56

二嫂说：

我喜欢旅行，可是我也喜欢安定下来。

57

二嫂说：

有个人骑摩托车全球旅行。

离开一个国家之后，因为签证问题，他被下一个国家拒绝入境。

于是他就在两个国家之间的桥上住了好几天。

结果被这个国家的领导人看见了，领导人把下属大骂一顿，把他请回家里住，称他是英雄。

58

二嫂说：

想一想，发现写诗这件事，是不能教的。

59

二嫂说：

我还是更喜欢旧车，旧车沉淀了很多感情。

60

二嫂说：

这边的天是黑的，云是白的；可是那边的天是白的，云是黑的。

像不像有的人，在好人堆里反而变坏了；而在坏人堆里，却反而变好了。

61

二嫚说：

我坐姿像猴，表情像猴，但实际上我不是猴。

62

二嫚说：

晚上我睡不着，不小心把时差倒成美国的了。

63

二嫚说：

天上的云，大块大块的，一点儿也不婆婆妈妈。

64

二嫚说：

这个记者问问题比较尖锐，好像我们这里这种记者很少。

65

二嫚说：

法布尔是很癫狂的。

看法布尔的《昆虫记》，看到180多页，就明白了他后来用火炮去轰知了，测试它们的听力，他这么干，是再正常不过的事。

法布尔这种人，要是在我们这里会被嘲笑死。

66

二嫂说：

你说这话很下饭，我可以吃三大碗，汤不算。

67

二嫂说：

我最早理解的坏人，就是偷东西的小偷，这种物质的。

68

二嫂说：

鲁迅的东西，不光思想厉害，技巧也很多。

我梦见了鲁迅，在一条船上，个子不高，穿着一件长袍，手指夹着一支烟，腋下夹着一本书。

他的烟并没有抽，一直在燃着，烟灰也在不断地掉，但是烟并没有在缩短。

我说，你的烟怎么质量这么好啊？

他扭头看了我一眼，没有说话。

听说鲁迅在厦门时，去理发，理发师一副爱理不理的样子，理完后鲁迅抓了一大把钱给他。

第二次又去，理发师理得很认真。

结果鲁迅该给多少给多少，半个多余的子儿也不给。

鲁迅说，你好好理我就好好给，不好好理我就不好好给。

按这种套路，鲁迅绝对不敢去第三次。

我很想好好看看鲁迅骂人的那些杂文。

鲁迅的《雪》，像是写给情人的。

鲁迅的文字确实厉害——

鲁迅写道，硬硬的还在。

鲁迅写道，我有资格评判吗。

鲁迅写道，一个挤小的胖子。

鲁迅写道，阿发提议，偷我们家的吧。

鲁迅写道，你都娶了三房太太了。

鲁迅写道，梦见有个瘦的诗人。

鲁迅老师，我边练字边听音乐，可以吗？

哦，不吭声就是默认。

鲁迅去世那么早，也是因为睡得太少。

读鲁迅的《藤野先生》，他三大本被藤野老师修改过的听课笔记，在搬家时丢失了。

鸡蛋真的不能放在同一个篮子里。

鲁迅把自己的身段放得很低。

如果鲁迅复活，他不说他是鲁迅，但他还像鲁迅那样说话、写文章，会怎么样呢？

69

二嫚说：

那是一个有机小孩，人畜无害。

70

二嫚说:

我在地铁4号线站着画画,有个老人下车时,走过来告诉我:"小孩,你很棒!"

71

二嫚说:

从一个地方走出来很重要,哪怕它是深圳。

72

二嫚说:

三毛的散文里,有一些小说成分。

在现实生活里,三毛太不靠谱了,荷西也是。

停水了,我一边想起三毛和撒哈拉,一边合计着这一桶水,全家人怎么用,这时水来了。

三毛写道,约朋友来家里包饺子,连笨手笨脚的荷西都学着包出了一个小老鼠,那小老鼠很可爱,你都不忍心用开水把它烫死。

三毛认为,大胡子的人都是害羞的,他们把自己藏在胡子后面。

荷西死了以后,荷西的妹妹对三毛很好,她叫三毛吃饭,说你不吃饭我就拿枪打你。

73

二嫚说:

人都是选择性思考,选择性聆听,选择性看,比如自己的鼻子,一辈子都能看见它，但就是视而不见。

74

二嫚说：

这本书我读不下去，太像课文了，成语用得很溜。

75

二嫚说：

我对没礼貌的人没感觉，对有礼貌的人才有感觉。

76

二嫚说：

对待别的动物，人类做的事，有几件是有良心的？

77

二嫚说：

为了让姐姐陪我去体育馆看电竞比赛，我答应了妈妈"报模特班，还有，姐姐去哪里，你都要陪她去"的条件。

我因此尝到了卖身为奴的滋味。

78

二嫚说：

每个字我都认识，但是它们连在一起，我就不明白。

79

二嫂说：

他穿着那么厚的特制衣服跑来跑去，为我们忙碌，身上一定会很热，我很感谢，甚至感动。

可是对古代的人，哪怕是个英雄，我也没有这种感觉。

80

二嫂说：

公交车，我的睡觉圣地。

在广州地铁里面，人和人挤在一起，才真的感受到 56 个民族亲如一家。

我朋友说她都可以自己去坐公交车了，我也想这样。

81

二嫂说：

人生苦短，加快消化。

82

二嫂说：

我这几天的梦，都是在霍格沃茨魔法学校里。

看《哈利·波特》，我对老鼠的印象好了很多。

罗琳新书上市，我没有多大兴趣。

写了那么棒的《哈利·波特》，新书不可能更好到哪里去。

《哈利·波特》是难以超越的经典。

83

二嫂说：

看书看到精彩地方，再停下来吃饭，吃得格外快。

84

二嫂说：

在厦门街头，我见有个人骑着单车冲过来，迅速刹车，弯腰捡起一个烟头，放进袋子里。

85

二嫂说：

把袖子卷起来，像变成了另一件衣服。

86

二嫂说：

楼下糖水店老板做的汤圆，捣毁了我对她的所有感情。

87

二嫂说：

花卉批发市场里，卖假山的老板娘贴了个告示：我再看见你往水池里扔烟头，就管你要1万块钱。

88

二嫂说：

所有贴给我的标签，不管好的坏的，我都不喜欢。

89

二嫂说：

在博物馆里，我看见皇帝在一个奏折上的批复，很有意思，他写的是"知道了"。

90

二嫂说：

我苦恼的是，我和他们不一样。

我需要很大的力量来支撑自己。

91

二嫂说：

快乐，就是我的朋友。

92

二嫂说：

如果一个梦还没做完，就醒了，下次能接着做就好了。

93

二嫂说：

我出生之前的 90 年代，我是这样想象的：像一张发黄的老照片，黑白的。有钱人出门坐的是马车，戴着白手套。女孩的下身穿着牛仔裤，上面有破洞，上衣上缀着亮片，刘海剪成齐的，化浓妆，贴着长长的假睫毛。

94

二嫂说：

人要有幸福感，所以我想买些零食。

95

二嫂说：

太阳下的上海，有一种水泥和沥青的味道。

96

二嫂说：

制作电视节目的人，也无非都是为了"恰"一碗饭。

97

二嫂说：

我可能永远失去玉花园那些朋友了：可谦、玥玥、安怡……

98

二嬷说：

一个人一生，到底要生多少次气？

99

二嬷说：

人的鼻子都是闪亮的。

100

二嬷说：

瓜子看我们可能就像是看电影。

实际上我们又能理解它多少呢？

以瓜子的寿命，完全能活到我结婚生子。

只要我将来不单身。

101

二嬷说：

如果我们真的能知道人死后去了哪里，这等于解决了一个很大的哲学问题。

102

二嬷说：

我可能真的感冒了。

感觉像是回到了七八岁的样子。

人小时候都是懵懂的。

103

二嫂说：

和我搭档朗读的著名播音员，不知哪来那么多激情，好像这作品是他写的一样，弄得我一时也仿佛成了原作者，以至于我读到后来，果然以原作者的身份临时修改了两个字。

104

二嫂说：

我读任何别人写的诗句，感觉都和我亲身经历的不一样。

105

二嫂说：

我看书很快，一目十行，有时目光起飞了，也难免失控，走神。

106

二嫂说：

睡觉很麻烦，做梦很有趣。

107

二嫂说：

把自己心里想的写下来，也是一个加深的过程。

108

二嫚说:

我发现大人比小孩幼稚。

109

二嫚说:

"加油"不是一个词，或者典故。

它是那种——你心里真的有一盏灯，可是眼看着油不够了，然后又加进了一些——的感觉。

110

二嫚说:

姐姐最看不得别人欺负我，是不是她要护着我，留给自己欺负？

姐姐的想象力很吓人，超出了我认识的所有人，包括我。

姐姐认为，人类只能认出有限的几种颜色，还有许多许多颜色，我们根本看不见。

我以为人死了就是完了，姐姐说不是，她认为另外一个世界绝对存在。

我写诗，是你们闭嘴我来说。

姐姐写诗，是我来说，你们去想。

我会很久都在想姐姐的一句话。

姐姐是个魔法师。

一大早，姐姐在听武侠小说；我在梦里，被人打断了 4 根肋骨。

111

二嫂说：

那些云彩上面，好像住着人。

112

二嫂说：

刚从车上下来，好像不会走了，我体验到假肢的感觉。

113

二嫂说：

我和那些人辩论，肯定说不过他们，因为我不会使用成语。

114

二嫂说：

妈妈，你能不能再给我来个弟弟，我主要是画画老画不好男的。

我要观察他们的形体，要不爸爸赶快把疙瘩肉练出来，我等着用。

115

二嫂说：

我还是觉得，以后要做个有影响的人，那样会更方便。

116

二嫂说：

胳膊打完疫苗，我用棉签摁着针口，突然觉得胳肢窝疼，难道打透了吗？

117

二嫂说：

好像有件事情，想说又忘了，过会儿又想起来，又想说又忘了，这情况有大半个星期了。

118

二嫂说：

万一我被人贩子拐了，而我把人贩子卖了，这笔钱归国家还是归我？如果归我，这种不固定收入也要缴所得税吗？

119

二嫂说：

我以前会拿自己和同龄人对比，比张三怎么样，比李四怎么样，我现在不和同龄人比了，要比不用分年龄。

120

二嫂说：

任何一个人只要做好你自己，就是天才。

而绝大部分天才，都被废了。

121

二嫚说：

不要设计上限，上限是你站在现在的地方所看不见的。

2019 年 11 月 25 日—2022 年 2 月 2 日